第一章 日本的語言

第一節 日語的性質

1. 日語是日本列島的語言

日語是日本人的語言，它分布在日本本土，即北海道、本州、四國、九州以及沖繩等諸多島嶼上。因此，日語的使用區域與日本的行政區域是一致的。也就是說，日語與〝日本的語言〞以及〝日本人的語言〞都是同一概念。日語的這一特點在世界語言中也是很少見的。

日本列島與大陸之間以海洋相隔，因此，日語與其它語言相比，其地理上的界線十分清晰。世界上有很多語言，如德語和荷蘭語、意大利語和法語，在地理上的界線都不能一筆劃開。在德國，它的地理位置越是接近荷蘭，而各地的口語就越是接近於荷蘭語，最後則不知不覺地變成了荷蘭語。德語和荷蘭語是兩種不同的語言，但這只是就兩國的標準語而言的。就兩國的土著語或方言來看，將二者用一條線區別開並不容易。這種現象存在的主要原因是兩種語言分布的地域相連，多少年來互相滲透和影響。這同中國境內還分布著朝鮮語、蒙古語、藏語、壯語、維吾爾語，情況是相同的。世界上很多語言都不能與國家的概念完全同等起來。

日本列島通行日語，但也還存在著另外兩種語言。一種是曾經聚

居在日本北海道的阿伊努人（アイヌ人）使用的語言，叫〝阿伊努語〞；另一種是通行於日本奄美‧沖繩等西南諸島的〝琉球語〞。這兩種語言與日語有相同之處，也有不同之處。阿伊努語不屬於日語，也不屬於其它語，是個語系不明的語言。但是由於使用這種語言的人越來越少，目前阿伊努語基本上失去了語言的活力，只是在日語中留下了一些地名之類的詞。琉球語與日語同屬一種語言，這是無可非議的，但它與日語究竟是共同語同方言的關係，還是親屬關係，這個問題尚沒得到解決。總之，日語和阿伊努語、琉球語是有區別的語言，或者至少可以認為在以前是有區別的語言。但是，現在在日本境內，過去使用阿伊努語的人也在使用日語，在琉球語通行的地區也使用著日語，就這種情況來看，阿伊努語和琉球語實際上已是名存實亡，或者只是作為一種方言來存在了。

2. 日語是日本的公用語

日語是只在日本通用的語言，是日本的公用語，也叫日本的〝國語〞。

世界語言的使用情況很複雜，就做為公用語的語言來看，大致有以下三種情況：(1)一種語言只成為一個國家的公用語：這樣的語言有日語（日本）、中國語（中國）、泰語（泰國）、馬扎爾語（匈牙利）、波斯語（伊朗）等。(2)一種語言同時是兩個或兩個以上國家的公用語：如英語（英國、美國、澳大利亞、烏干達、牙買加、千里達和多巴哥等）、法語（法國、盧森堡、海地、圭亞那、留尼旺等）、西班牙語（墨西哥、西班牙、巴拿馬、古巴、多明尼加共和國等）、阿拉伯語（沙烏地阿拉伯、葉門、阿曼、科威特、敘利亞、約旦、蘇丹、利比亞、阿爾及利亞、摩洛哥等）等。(3)一個國家同時把兩種以上的

語言作為公用語：這樣的國家有加拿大（英語・法語）、印度（印度語・英語）、比利時（法語・荷蘭語）、瑞士（意大利語・德語・法語）等。

日語只在日本通用，它既不是其它國家的公用語，也沒有成為別國的通用語。在日本的國土上，日語不管在哪兒都行得通，但是一離開日本，日語就難以通用了。本來，在巴西、美國（夏威夷）等國家和地區的日僑（見表Ⅰ）大約一共有四十三萬人左右，而且這些人都是講日語的，但他們第二、第三代的語言大多被當地語言所同化，其中仍使用日語的人數逐漸減少。如第二次世界大戰剛結束時，在被日本占領的朝鮮半島和台灣懂日語的人是比較多的，但四十餘年後的今

表Ⅰ　僑居外國的日本人數

1.巴西	144,216 人
2.美國	112,741 人
（其中夏威夷州	13,525 人怯
3.阿根廷	16,043 人
4.西德	12,488 人
5.秘魯	11,413 人
6.加拿大	10,930 人
7.英國	8,767 人
8.香港	6,353 人
9.法國	5,885 人
10.印尼	5,780 人
其他	100,379 人
計	434,995 人

（根據 1979 年 10 月 1 日外務省≪在國外的日本人數調查統計≫，包括逗留者及持有日本國籍的長住者。）

天則大大減少。總之，在外國使用日語的人還是極其有限的。

日本是一個單一民族的國家，在日本境內除少數僑居日本的外國人外，都使用日語。據統計，僑居日本的外國人共有七十萬左右，其中朝鮮人最多，有六十三萬人（1974 年），但其中有 75.6 ％的人出生在日本，說的也是語言。因此，實際上日常使用朝鮮語的人只不過十五萬人左右。僑居日本的其他國家的人，如中國人、美國人、英國人、菲律賓人、西德的人的情況也大致相同。這樣，可以說日語是日本民族自己的日語，在日本不存在多語言問題，也不必專門規定公用語。

3. ＂國語＂與＂日本語＂

學習日語或從事日語工作的人都知道，日語有＂國語＂和＂日本語＂兩個名稱，如＂國語辭典＂、＂國語教育＂、＂國語教科書＂、＂國語政策＂和＂日本語教育＂、＂日本語教育事典＂、＂現代日本語＂等。

就日語而言，＂國語＂和＂日本語＂同指＂日語＂，只是在語感上稍有不同。＂國語＂象徵著國家，指一個國家共同使用的語言。在建國前，我國也使用過這一名稱指漢語。因此，一個國家的少數民族的語言或方言不能稱為＂國語＂。在日本，無論從地理上看還是從使用者來看，語言和國家、民族都是一致的。所以，日本人之間，或者對內習慣以國家為單位看自己的語言，稱為＂國語＂。日本人在使用＂日本語＂這個名稱時，大多是以與外語的對比為前提的。如他們把以日本人自己為對象的日語教育稱為＂國語教育＂，而把以外國人為對象的日語教育稱為＂日本語教育＂。另外，＂日本語＂這個名稱有超脫國度的一般語言的印象，如＂國語學＂的研究一般只限於研究日

語本身，不包含與其他語言的比較；而〝日本語學〞的研究則是把日語放在一般語言學之中加以研究的。

　　把日語稱為〝國語〞還是〝日本語〞，日本人視其情況是有區別的，向我們學習日語的外國人不應該稱日語為〝國語〞，而應該稱〝日本語〞或用漢語稱〝日語〞。

第二節　　日語的起源

1. 語源的考察

　　日語是一種具有多種語言因素的語言。它是怎樣形成的，與其他語言是什麼關係，這是語言學界一直關注的問題。多年以來，日本國內外的語言學家對日語的起源問題進行了反復的探討和研究，早在十九世紀初葉就有歐洲的語言學家考察了日語與〝烏拉爾‧阿爾泰語系〞的關係，到了江戶時代又有日本人開始探索日語與朝鮮語的關聯。進入明治時期以來，日本人的民族意識和國家意識高漲，關心日本民族和日本語言起源的人越來越多，在有關日本語系的研究方面出現了多種設想。

　　語言親屬關係的研究，一般以詞或詞素在語音上的對應規律和語法成分的對應規律為直接研究對象。其中語音的對應規律是主要的，因為詞或詞素是以語音為物質外殼的，沒有語音，它們就無法存在。兩種語言或方言的基本詞彙，如果詞頭、詞中或詞尾的語言存在有規律的對應關係，就可以成為依據，認為他們是同出一宗的親屬語言。通過這樣的比較，如：

	第一組	第二組	第三組
英　語	two	tide	red
德　語	zwei	zeit	rot
	彊二怯	（潮水）	（紅的）

第一組和第二組詞頭的輔音 t 和 z 相對應；第二組和第三組詞尾的輔音 d 和 t 相對應，證明英語和德語是有親屬關係，二者同屬日爾曼語系。又如：

	第一組	第二組	第三組	第四組
日　語	ame	kane	kado	kono
琉球語	ami	kani	kadu	kunu
	（雨）	（錢）	（拐角）	（這個）

前三組的詞頭和詞中的元音和輔音對應，而詞尾的元音 e 和 i、o 和 u，以及後一組詞中和詞尾的元音 o 和 u 都是對應的，因此日語和琉球語也是一本同宗。

關於日語的起源或語系問題，儘管還沒有定論，不過已出現了幾種推測。這些推測主要歸納為三種，即：北方、南方、西方各說。

2. 北方系統論

(1)日語與朝鮮語

在有關日語的起源問題上，主張日語與朝鮮語同宗的意見最多。這方面的研究，有在英國駐日公使館工作的 W・G 阿斯頓發表的《日語與朝鮮語的比較研究》（1879 年），他列舉了 80 組日朝語詞彙；有東方史學家白烏庫吉發表的《日本古語與朝鮮語的比較》（1898年），列舉了 250 組日朝語詞彙；有金澤庄三郎發表的《日韓兩國語

同系論≫（1910 年），列舉了 150 組日朝語詞彙；還有大野晉在≪日語的起源≫中列舉了 226 組詞彙（1957 年），進行了比較研究。

　　研究結果表明，朝鮮語在詞序、語法等方面與日語是極其相似的，但是在詞的語音結構上，朝鮮語與日語之間有共同特點的基本詞彙太少，一些詞詞頭的語音一致，但是詞中的語音不一致，特別是朝鮮語多以輔音結尾，這與日語音節以元音結尾有明顯不同。這樣，鑒於資料不足，兩種語言的語音對應規律得不到充分的證實，還不能認為是同宗語言。兩種語言在個別語音上的一致現象，目前認為可能是由借用詞產生的。

　(2)語言與阿爾泰語

　　基於語法性質的相似，現在的語言學界認為朝鮮語與日語關係最近。其次，認為有關聯的就是阿爾泰語。這裏所說的阿爾泰語主要指土耳其語、蒙古語、滿語和通古斯語。語言學家藤岡勝二在 1908 年所做的演講≪日語的位置≫中首先提出日語與烏拉爾・阿爾泰語相近的論點，並提出了烏拉爾・阿爾泰語的十四個特點：1 詞頭部分不連續出現二個以上的輔音；2 輔音 r 不出現於詞頭；3 有元音調合現象；4 沒有冠詞；5 語法中沒有性的區別；6 動詞的變化為膠著，即在詞幹後加接尾語，不是屈折式；7 接在動詞後的接尾詞數量很多；8 代詞的變化靠詞幹加接詞表示；9 有後置詞；10 可以用〝ある〞表示所有；11 用〝奪格形〞較表示形容詞的比較；12 在疑問句中，句尾必需用表示疑問的詞；13 接續詞數量少；14 在詞序方面，修飾語位於被修飾語前，動詞位於賓語後。這其中，除 3 的元音調合現象以外，其餘都符合日語的情況，因此結論是：日語屬於烏拉爾・阿爾泰語系的可能性很大。藤岡的這一見解得到正統派語言學者的支持，並經常被作為證據加以引用。

1924 年，芬蘭的阿爾泰語學家 G・J 拉姆斯泰特發表了《阿爾泰諸語與日語的比較》，表明了與藤岡相同的見解，並推測：日本列島上最先居住的人曾使用過一種現在不知名的語言，後來操阿爾泰語系語言的民族由北方來到日本，並居統治地位，同化了日本列島原來的語言，其結果可能就是今天的日語。這種看法很有說服力，促進了日語系統論的展開。

後來，小澤重男，服部四郎等也先後提出了蒙語和日語的基本詞彙，並進行了比較研究。結論是：雖然阿爾泰語與日語有很多相似之處，但是在基礎詞彙中找不出關鍵性的語音對應規則，所以還不能斷定是親屬關係。

3. 南方系統論

(1)日語與南島語

由於北方系統論論據不充分，於是便出現了在南方尋找日語起源的動向。所謂南島語或南方語，在這裏包括印度尼西亞語（馬來語、爪哇語、他加祿語等）、美拉尼西亞語（馬紹爾語、特魯克語、昌英語等）、波利尼西亞語（湯加語、薩摩亞語、夏威夷語等）。

1925 年，荷蘭的南島語學家 V・H 拉波爾頓發表了名為《作為日本、馬來、波利尼西亞語族分枝的澳斯特羅尼西亞諸語與日語》的論文，將馬來語和日語的詞彙進行比較，認為二者之間有關聯。熱心於研究日語起源的新村出基於南方語言中元音多、元音與輔音的結合單調這一特點，承認日語中有南方語族的成分，並主張"可以說日本民族中有大陸的成分和南方太平洋的成分，這兩大成分混為一體，從而構成了日本的語言和民族"。

泉井久之助和村山七郎也分別在《日語與南島諸語》和《日語的

誕生≫中出示南島語言和日語的基本詞彙，進行了比較研究。透過研究，村山七郎認為日語的基本詞彙中包含著很多起源於南島語族的詞，提出了日語是南島系語言和北方阿爾泰系語言的混合體的設想。

(2)南亞語和日語

　　另外，松本信廣在馬來半島山區的斯曼族和沙加依族的詞彙中，發現了一定數量的與日語類似的詞型，這些詞多是關於身體部位的單詞。但不足以成為定論的依據。

4. 西方系統論

(1)日語與西藏、緬甸語

　　日語與藏緬語之間的關係，是由 C・K 帕咔於 1939 年提出的。他在≪日本語複合動詞辭典≫的序論中提出日語與藏緬語在句子結構和語法性詞彙（代詞、助詞、助動詞）方面有共性，並解釋說：可以認為藏緬族人和泰族人在公元初以前曾統治著東自中國長江、西至印度洋的廣闊地域，因此，他們有充分的可能由長江口渡往日本。

　　接著安田德太郎在≪萬葉集之謎≫中主張日語與藏緬語族之一的萊普語有親緣關係。京都大學的西田龍雄發表了≪探求日語的體系——日語與藏緬語≫（1976 年），用日語和緬甸語的數詞進行對比，證明日語是藏緬語系。然而，無論是帕咔論也好，還是安田、西田論也好，他們都是根據自己的需要，從兩種語言中選擇出詞彙，並以此為依據進行比較的，因此在某種程度上缺乏科學性，難以令人信服。

(2)日語與德拉維達語

　　最近，大野晉把印度德拉維達語族的泰米爾語與日語進行了比較，認為兩種語言在過去曾有過十分密切的關係。其理由之一是兩種語言中表示穀物農業的詞有很多有關聯，認為有可能在繩文時代末期，

原泰米爾語的詞彙隨著穀物的種植一起傳到了九州。另外，兩種語言中的部分基本詞彙的第一個音節有共同點，但是由於其它音節中的語音並沒有對應規律，因此目前還很難證明泰米爾語影響了日語。

　　如上所述，多年來雖然有很多學者對日語的起源問題進行了不懈的探索，但仍不能說已找到了日語的至親。透過這些研究，可供參考的是：日本列島上曾經存在過一種語系不明的原始日語，後來有阿爾泰語系的人移居而來，他們的語言被日本列島的土著人所吸收，其土著人很可能是來自南島的。

第三節　漢語對日語的影響

1. 漢字傳入前的日語

　　日語是怎樣形成的，它屬於哪個語言體系，這還是一個有待探討的"謎"。但日語是日本民族的語言，而且具有相當長的歷史，這一點是不容置疑的。據目前的考古學考察，日本至少在三萬年前，即無土器文化時代已經有人居住，並且在日本列島上留有始於一萬年以前至繩文時代（約公元前 7,000～300 年）、彌生時代（約公元前 300～公元 300 年）期間的生活痕跡。目前雖然還不知道他們當時使用的是什麼語言，但是可以認為當時的語言與現在的日語是有一定關聯的。

　　日語語言體系的整個狀態及其變化，透過八世紀（奈良時代，710～784 年）留下的豐富的語言資料可以得到考證。據≪古事記≫≪日本書紀≫≪萬葉集≫及其它史料記載，八世紀前後的語言與現代日語雖然在音韻、語法體系方面有所不同，但是並不存在明顯的斷層。也就是說，現代日語與八世紀的語言沒有根本的不同。

根據奈良時代語言的情況，大致可以推測出奈良時代前的 700～800 年，也就是繩文時代末期到彌生時代前的日語狀況。因為在距現在 2000 年到 2500 年前的這一期間內，語言變化的速度是很緩慢的，如果在政治上、文化上沒受到外民族的絕對影響，那一期間內的語言則不會發生大的變化。另外，從奈良時代的語言經過平安時代（794～1185 年）、鐮倉時代（1192～1333 年）、室町時代（1336～1573 年）、江戶時代（1603～1867 年）、一直到現代所表現出的變化幅度看，也可以想像到 2500 年前的日語狀況。也就是說，如果沒有強大的外民族入侵，日語至少從 2500 年前已經開始逐漸形成自己的體系了。

在日語的發展史上，有一個不可忽視的問題，就是外國語言對日語的影響。這種影響從中國的語言文字傳入日本時開始，中間又有西方語言的影響，一直持續到今天。外國語言的影響雖然沒有從根本上改變日語音韻、語法的體系，但是在日語文字、詞彙、語音等方面發揮的作用還是很大的。如我們翻開日文書籍、報紙常常看到：

ナベに牛乳とスキムミルクを合わせて沸とう寸前まで温めて火を止め、そのままさまして40℃になったら、レモン汁を加えて静かにかき混ぜます。（把牛奶和脫脂奶粉一起放入鍋中，加溫至沸騰前停火，待溫度降至 40℃時，加入檸檬汁，輕輕攪拌。）

這樣用漢字、平假名、片假名幾種文字，和由漢語、外來語、和語多種詞彙構成的文章中，就有外國語言影響的痕跡。

2. 漢字與日本文字的形成

日本人最初只有語言沒有文字。日本文字的產生和形成，是在中國的文字傳入日本之後開始的。

公元前一世紀前後，日本人開始接觸漢字。據日本出土文物證明，當時中國的手工藝品已經傳入日本，其中許多金石器上，如銅鏡、印章以及貨幣等都有銘文。這些銘文是日本最初接觸的漢字。日本人系統地學習漢字是從公元三世紀開始的。日本史書《日本書紀》、《古事記》中記載，應神天皇十五年（公元 284 年）秋，百濟（公元一世紀至七世紀朝鮮半島上並存的三個奴隸制國家之一）王遣阿直岐貢良馬二匹。阿直岐亦能讀經典，天皇問阿直岐：如勝汝博士亦有耶？答曰：有王仁者，是秀也。天皇便遣人請來王仁，為太子菟道稚郎子的老師，學習典籍，莫不通達。《古事記》中說，王仁來日時，帶來漢文《論語》十卷和漢文《千字文》一卷。這是關於日本人系統地學習漢字的最早記載，由此可知漢字是經過朝鮮半島傳入日本，並由日本的統治階級開始學起的。

從公元三世紀到七世紀上半葉，是日本奴隸制度的發展時期。隨著中日兩國交往的不斷擴大，先進的中國文化促進了日本社會的發展。由於兩國往來頻繁，佛教經典、儒家著作、文學及科技等各種漢文典籍大量傳入日本，日本人對漢字、漢文的學習和使用日益廣泛，漢字逐漸成了日本人記載語言的通用文字。

由於中國語言和日語是兩種不同的語言，所以日本人在學習、理解以及使用漢字記錄日語時，進行了種種不懈的努力。首先，日本人在學習漢語書籍時，跟隨老師模仿漢語的發音來學習、識別漢字。久而久之，每個漢字都產生了日語式的讀音。這種讀音在後來被稱做漢字的〝音讀〞。同時，他們用日語思維解釋和理解漢語、漢字的意思。因為當時日本人還沒有自己的文字，像那種對譯式理解只能用口授的方法進行。這樣，在漢字上又漸漸地增添了日語同義詞的讀音，如：学——まなぶ、時——とき、習——ならう等，這種讀音叫〝訓

讀"。

漢字"音讀"的形成，使日本人能屋選擇與日語發音相近的漢字寫出漢語中沒有的日語詞彙，如日本人名（卑弥呼──ひみこ）、地名（斯馬──しま）等固有詞彙。而漢字"訓讀"的固定能够使日本人用漢字按照日語的詞序和習慣書寫日語，如"我吃飯"可以寫成"我飯吃"。這是將漢字做為日本文字使用的第一步。

日語與漢語不同，它用助詞、助動詞和用言的詞尾變化表示語法關係和語氣，也就是說日語是有形態變化的語言，這種形態變化本來靠表意文字的漢字是無法表示的。為了解決這個問題，日本人在書寫文章時，對只表示語法概念或語氣的部分，採取了按音節借用漢字音譯的方法。這樣，文章雖然是由漢字寫成的，但是漢字却被分成用於表意的和用於表音的兩種。例如：宇良宇良恭照流春日恭比婆理情悲毛比登里志於母倍婆（うらうらに照る春日にひばりあがり情悲もひとりしおもへば），由於這種表記方法大量地出現於八世紀的歌集≪萬葉集≫中，所以把這種表音的漢字稱為"萬葉假名"。

"萬葉假名"雖然在某種程度上適應了當時日語表達的需要，但它的形體畢竟是漢字，而漢字數量繁多，字體複雜，用一個漢字記錄一個音節不便學習和掌握。一篇文章中有用於表意的漢字又有用於表音的漢字，不容易辨讀和理解。這樣，做為"萬葉假名"的漢字的形體開始被簡化、省略，最後演變成了日本文字"平假名"和"片假名"。它們分別形成於十世紀。"平假名"的"平"字是沒有棱角、通俗平易的意思，是由漢字的草體演變的。如：安──あ、以──い、宇──う、衣──え、於──お等；"片假名"的"片"字是不完整的意思，由漢字筆劃的省略，即字體的一部分演變而成，如：阿──ア、伊──イ、宇──ウ、江──エ、於──オ等。從漢字傳入日本，

到日本文字〝假名〞的基本形成，大約經過了六百年左右的時間。在這期間，日本通過漢字吸收了大量的中國文化，促進了日本社會的迅速發展。

3. 漢語對日語的影響

漢語對日語的影響是從中國文字傳入日本時開始的。從公元三世紀開始，中國的語言在各個不同時期，透過各種不同形式和途徑源源不斷地傳入日本，對日本的語言和文化產生了不可忽視的影響。

漢語對日語的影響是多方面的，概括起來主要有以下幾點：

(1)產生了文字（平假名和片假名）

(2)豐富了日語的音韻

(3)豐富了日語詞彙

(4)加強了日語文體的簡練、雄勁色彩。

關於文字，前面已經談到了，由於漢字的傳入，本來沒有文字的日本人在漢字的基礎上，發明、創造了具有日本特點的文字——平假名和片假名。日本文字的形成，使日本能夠使用表意文字（漢字）和表音文字（假名）兩種文字記錄日語，克服了只使用漢字書寫而帶來的不便。

自從漢字傳入日本以後，在歷史上的各個時期都有漢語傳入日本。由於漢語傳入的時代不同，途徑不同，日語中的漢語發音也有區別。如在漢語的〝音讀〞方面，目前就存在漢音、吳音、唐音等三種，由於這種情況，即使是同一個漢字、漢語詞，往往存在幾種讀音。例如：

行：ギョウ（吳音）　　　コウ（漢音）　　　アン（唐音）

経：キョウ（吳音）　　　ケイ（漢音）　　　キン（唐音）

脚：カク（呉音）　　　キャク（漢音）　　　キャ（唐音）

明：ミョウ（呉音）　　メイ（漢音）　　　ミン（唐音）

這就是各個不同時期漢語對日語漢字音讀的影響。〝呉音〞是最早（公元六世紀中期以前）進入日本的長江下游地區的中國語音，這種讀音在日語佛教方面的詞彙中較多；〝漢音〞是在奈良時代到平安時代初期之間傳到日本的中國北方的語音，是現代日語中最多的漢字讀音；〝唐音〞是在日本鎌倉時代到江戶時代之間一點點傳入的中國宋、元、明、清時代的發音，也叫〝宋音〞，這種語音多見於禪宗方面的用語和食物、器具等的名稱。

各個時期傳入日本的中國不同地方的語音，豐富了日語的讀音。另外在音韻方面，日語的語音也由於漢語的傳入發生了較大的變化。自奈良時代以來，由於漢語字音的影響，日語中新增加了撥音（ン）、促音（ッ）、長音、拗音（キャ・キュ・キョ等）、半濁音（パピプ等）和カ行鼻濁音等音韻現象。同時，在音韻的用法上也發生了變化，如詞首部出現了濁音（ガクセイ）、和ラ行音（ラクダイ），這是日語中本來不存在的現象。

中國語對日語的影響更多地體現在詞彙方面。據日本國立國語研究所 1956 年對現代 90 種雜誌的用語用字的調查，在現代日語中，漢語詞彙占 41.3％，其中還不包括用漢字書寫而訓讀的日語固有詞彙。可以說，漢語詞彙在日語的日常用語以及方言中占有很大的比例，並在政治、經濟、法律、外交、宗教、科學等領域中也發揮著舉足輕重的作用。

日語中表示抽象概念的詞和構詞成分本來很少，這些詞大多是借用漢語詞彙表達的。例如：意、公、生、制、性、政、主、超、權、度、氣、義、情、點、面、用、理、法等抽象的概念是日語本來沒有

的。又由於漢字的構詞能力很強，表意明確，所以又利用漢字的這一特點，翻譯、創造了很多漢語詞，例如：

政：政治、政局、政府、政見、政情、政經……

主：主要、主義、主張、主權、主任、主役……

公：公正、公式、公共、公務……

其中有很多這樣產生的漢語詞彙又倒流入漢語，在中國廣泛使用。

與日語固有詞彙相比，漢語詞彙還有詞型短小、語意明確、表達精鍊的特點。因此，日本人常常用漢字替換表達日語的固有詞彙。例如：

こころくばり→心配、ではる→出張、はらがたつ→立腹、ひのこと→火事、ものさわがし→物騷、かえりごと→返事

歌の才→歌才、話の題→話題、物の価→物價、人を選ぶ→人選、流れ出る→流出

鳥がなく→鳴、犬がなく→吠、羊がなく→嫌、小児がなく→呱等等。

由於中國語詞彙在日語中的這種作用，用漢語詞彙書寫文章也顯得精鍊、明瞭、雄壯有力。

第四節　日語中的外來語

1. 外來語流入的過程

外來語也叫〝借詞〞，指從外國語言中吸收的、在使用上與原詞意沒有明顯區別的詞。在日語中，外來語主要指從歐美系語言中借用

的詞，其中包括日本人根據自己的習慣創造的所謂〝和制外來語〞，還包括近、現代從中國語（包括朝鮮語和東南亞諸國語）中借用來的詞彙。

日語中的漢語詞彙本來也是外來語，是由中國借用來的。但是在現代日語中漢語與和語、外來語、混和語並列，是幾種詞彙之一，沒列在外來語之列。這主要是指室町時代以前各個時期傳入日語中的中國詞彙。其原因有：①與歐美語言相比，漢語進入日語的時間非常早；②漢語是日語詞彙種類之一，同時漢語在日語中也代表文字（漢字）。沒有文字的日本人是使用漢字這種外來文字開始記錄日語的，後來日本人雖然創造出了文字——假名，但是畢竟是假名，〝眞名〞是漢字；③漢字是表意文字，漢字的組合再生了大量的漢語詞彙。基於以上原因，日本人不認為漢語是外來語，與歐美語相比，在日本人的心目中漢語占有特殊的地位。

外來語進入日語，始於日本同西方國家文化、經濟的接觸。從時間上看可以分為三個階段：第一個階段是十六世紀中葉到十七世紀中葉；第二個階段是明治維新後到第二次世界大戰結束前；第三個階段是第二次世界大戰結束後。

1549 年，葡萄牙傳教士以傳教為目的開始進入日本，到 1579 年在日本的天主教信徒已達十五萬，教會達二百多所。他們既是傳教士又是商人、外交官，與日本建立了廣泛的貿易關係，並加強了兩國的全面交往。在這期間，宗教、學術、文學等方面的書籍大量發行，歐洲文化開始向日本滲透。

1592 年，西班牙正式與日本建立了外交關係，接著荷蘭又擠入日本，與日本展開了貿易活動。由於十六世紀上半期國際形勢和日本國內形勢的變化，日本幕府禁止了除中國、荷蘭以外的貿易關係，從

此進入了漫長的鎖國時代。

　　日本在鎖國期間，荷蘭幾乎獨占了與日本的貿易。隨著貿易關係的建立，它們的醫學、藥學、天文、地理、物理、化學、數學等現代書籍也大量地傳入日本，激起了日本人學習現代科學知識、學習荷蘭語的興趣，形成了所謂的〝蘭學〞熱。總之，從1543年開始的，特別是到鎖國前為止的與西方國家接觸的一百年間，日本人在精神上、物質上受到了很大影響，各方面的西方語言詞彙大量地傳入日本，並有很大一部分至今仍在日語中發揮作用。

　　從江戶幕府末期以及明治（1868～1912年）初期開始，在西方列強的要求下，在西方現代文明的影響下，日本結束了長達近三百年的閉關自守的狀態，開始攝取以歐美為代表的西方文明，由此，西方的政治、法律、外交、軍事、教育、思想、宗教、科學、藝術、語言以及衣食住等從制度到生活全面地影響了日本。從那以後，英、法、德等西方國家語言中的詞彙也如潮水般地湧入日語之中。後來，由於太平洋戰爭的爆發，日語對外來語的攝取也隨之進入了低潮。

　　1945年8月15日，第二次世界大戰結束，這在日本外來語史上是個值得紀念的日子。由於戰後美軍進駐日本的直接影響，以及日本人對西方文明的興趣和渴求，所以，戰後初期，西方的語言詞彙也同外國的其它事物一樣為日本人所吸收。特別是因美日兩國關係最為密切，所以日語中從美國英語中吸收的詞彙非常之多。由於以上種種原因，戰後以來，日語一方面吸收了大量原來所沒有的表示現代物質文明和精神文明的外來語，另一方面，也盲目地吸收了不少日語中本來已有的詞彙，對日語造成了極大的衝擊。

2. 外來語對日語的影響

　　西方的語言文化畢竟是在日本受中國語言文化長期影響後傳入的
，日本開始接觸現代西方文化時仍然對中國的傳統文化有一種執拗感
，他們要在中國文化的基礎上吸收西方文化。在語言上也是如此，明
治初期前後西方語言詞彙大量湧入日本時，日本人是用漢字按意思翻
譯的方法來消化、吸收的。例如：

　　築城家（エンジニア）

　　竜吐水（エンジン）

　　自鳴琴（オルゴール）

　　燐火（マッチ）

　　隧道（トンネル）

　　打（ダース）

　　百音琴・洋琴（ピアノ）

　　女支配人・接待婦人（スチュワーデス）

等等，這同現代漢語多把借詞按意思翻譯一樣。日語按音譯吸取外來
語，也就是説用片假名書寫外來語大約是從大正（1912～1926年）後
期或昭和（1926年始）初期開始的。從那時起，大正以前按意譯吸收
的外來語也逐漸改成了片假名的音譯。片假名自產生以來眞正發揮其
作用也從那時開始。

　　日本人在利用片假名音譯的方法吸收外來語的過程中，把某些外
來語做為構詞成分，重新組合成很多外來語複合詞，這些詞貌似外來
語，但實際上並不是。因此學習日語的外國人也不解其意。如：

　　テレビ・スター（television＋star）

　　ボディー・ビル（body＋building）

バター・パン（butter〔英〕+pão〔葡〕）

ガス・ライター（gas〔荷〕+lighter〔英〕）

デニム・ズボン（denim〔英〕+jupon〔法〕）

多年以來，日語中的外來語詞彙不斷增加，大大地豐富了日語詞彙。據≪現代雜誌九十種的用語用字≫（1956年）的調查報告表明，外來語占現代日語總詞彙量的9.8%，這個數量是相當可觀的。並且，在近三十年中還有所增加。

外來語與日語中的漢語詞彙不同，它是來自各個不同國家的語言。從國別上看，來自英語的外來語最多，占外來語總數的80.8%，其次是法語占5.6%、德語3.3%、意大利語1.5%、荷蘭語1.3%、俄語0.8%、葡萄牙語0.7%、西班牙語0.7%、中國語0.7%（主要指室町時代以後傳入日本的漢語詞彙）、拉丁語0.5%等。其中，英語外來語分布的領域也最廣，幾乎滲透於各個領域的詞彙之中。來自法語的外來語以軍事、外交、藝術、服飾、美容、烹調方面的用語為多；來自德語的外來語以哲學、醫學以及登山、滑雪方面的用語為多；來自意大利語的多是音樂用語；來自荷蘭語的多是醫學、化學、藥品方面的用語；來自俄語的多是關於思想、共運方面的用語；來自葡萄牙語和西班牙語的多是天主教和食物、衣物方面的用語；來自中國語的多為生活方面的用語；如：マージャン（麻將）、メンツ（面子）、シューマイ（燒賣）、ラーメン（湯麵）等。

外來語對日語另一較大的影響表現在音韻方面。自明治以來，隨著外來語、特別是英語詞彙的大量湧入，關於外來語的發音和書寫的問題逐漸明朗化。日語的假名是音節文字，而西方語言多為音素文字；同時，日語的音節結構原則上是輔音＋元音，而英語的音節結構是輔音＋元音＋輔音，原則上以輔音結尾。並且無論是元音還是輔音，在

數量上英語都多於日語。這樣，在用日語假名吸收外語詞彙時，在發音和書寫上都發生了很多問題。例如，在英語中本來是一個音節的〔straik〕，作為外來語用假名書寫時，就成了五個音節的〝ストライク〞。

利用假名書寫外來語時，一般有兩種方法，一種是按照日本人的發音習慣，把原語音改寫成近似於日語的音。例如：

violin→バイオリン

team→チーム

form→ホーム

lighter→ライター

filet→ヒレ

當日語中沒有近似音的情況下，便出現了各種不同音的寫法。最明顯的是德國文豪歌德的名字，在日語中曾出現過ゲーテ、ゲエテ、ゴエテ、ギューテ、ギョート、ゴアタ、ギョテ、デイテ、ギョエテ等二十幾種讀法和寫法。

另一種方法是吸收外國語音，忠實地按原語音發音或書寫。因第二次世界大戰以後把英語教育作為義務教育的內容，由於它有利於外國語的學習，因而受到外語學習者的支持，並得到了廣播、電視的推廣。這樣，有一些日語中本來不存在的外語音便出現了，並作為現代日語音逐漸得到承認。例如有以下一些音是由於外來語的影響新出現的：

シェ〔ʃe〕シェルパ

ジェ〔dʒe〕ジェスチャー

チェ〔tʃe〕チェック

テイ〔ti〕ティーパーテイ

ツァ〔tsa〕モーツァルト

ツォ〔tso〕カンツォーネ

ディ〔di〕ディレクター

デュ〔dju〕デュエット

ファ〔Fa〕ファミリー

フィ〔Fi〕フィルター

フェ〔Fe〕フェルト

フォ〔Fo〕フォークソング

ウィ〔wi〕ウィークェンド

ウェ〔we〕ウェディングケーキ

ウォ〔wo〕ウォーミングアップ

クァ〔kwa〕クァルテット

クェ〔kwe〕リクェスト

クォ〔kwo〕クォータリー

ヴァ〔va〕ヴァイオリン

ヴィ〔vi〕ヴィクトリー

ヴェ〔ve〕ヴェニス

ヴォ〔vo〕ヴォリェーム

　　另外，還有一些外來語音，如：スィ、ズィ、ツィ、ツェ、イェ
、キェ、ギェ、グァ、グィ、グェ、グォ、ミェ等在日語中也時有出
現，雖然還未固定下來，但其中有的將被承認。

　　在語言的互相接觸過程中，日語從外國語言中吸收了大量的詞彙
，豐富了自身。同時，也有一些日語詞彙倒流入其它語言之中。日語
的〝坊主、猛者、大名、芸者、腹切、柔術、柔道、着物、帯、武士
、将軍、神道、鳥居、大君、元老、柿、能、万歳、神風、素焼き、

富士山″等就收入了美、英、法國的英、法文字典。另外,自明治以來,日語中關於哲學、醫學、經濟等方面的詞彙也有很多傳入了漢語,如:哲學、主觀、物質、抽象、瓦斯、俱樂部、淋巴、癌、毫釐、呎、噸、瓩、立場、觀點、左(右)翼、特務、情報、故障、回收、現實、幹部、傳統、促進、進展、克服、重工業、輕工業、打消、大型、～化、～界、～感、～觀、～學、唯物論、例外等等,據統計多達 800 詞以上。漢語中的日語詞與西方語言中的日語詞不同,發音不是按日語,而是按漢語讀音,所以,在日常生活中,不容易意識到它。朝鮮語中也有很多來自日語的詞彙。

第五節　日語在世界語言中的地位

1. 世界語言及其系別

　　從遠古開始,不同的人類共同體就有各自的語言。後來,語言隨著社會的分化而分化,又隨著社會的統一而統一。在氏族時代,語言分化過程占優勢。階級和國家出現後,分化過程和統一過程交叉進行。這一歷史過程長期起作用的結果,形成了現在的多種語言。

　　據語言學家認為,現在世界上約有 2,790 多種語言。又據東德出版的《語言學及語言交際工具問題手冊》說,現在世界上查明的語言有 5,651 種。其中有 1,400 種還沒有被公認為獨立的語言,有的是正在衰亡的語言,還有 70 ％的語言沒有文字。目前,經語言學家研究過的語言只有 500 種左右。

　　語言學家按語言的共同來源、地理條件和語言的音韻、語法、詞彙等親屬關係的遠近,把世界上的語言分為不同的語系、語族、語支

。其中主要的語系有：

印歐語系

(1)日耳曼語族：其中包括①西部語支：英語、德語、荷蘭語、依地語；②北部語支：瑞典語、丹麥語、挪威語、冰島語。

(2)印度語族：梵語、印地語，烏爾都語、孟加拉語、旁遮普語、僧加羅語、尼泊爾語。

(3)伊朗語族：波斯語、阿富汗語、庫爾德語、俾路支語、塔吉克語、奧塞梯語。

(4)斯拉夫語族：其中包括①東部語支：俄語、烏克蘭語、白俄羅斯語；②西部語支：波蘭語、捷克語、斯洛伐克語；③南部語支：保加利亞語、塞爾維亞－霍爾瓦特語、斯洛文尼亞語、馬其頓語。

(5)波羅地海語族：立陶宛語、拉脫維亞語。

(6)羅曼語族：意大利語、法語、西班牙語、葡萄牙語、羅馬尼亞語。

(7)塞爾特語族：愛爾蘭語、蘇格蘭語、威爾士語、布列塔尼語。

(8)古希臘語族：希臘語、阿爾巴尼亞語。

漢藏語系

(1)漢泰語族：漢語、越南語、泰語、壯語、黎語。

(2)藏緬語族：藏語、緬甸語、哈尼語、景頗語。

(3)苗瑶語族：苗語、瑶語。

阿爾泰語系

(1)突厥語族：其中包括①西南部語支：土耳其語、阿塞拜疆語、土庫曼語；②西北部語支：哈薩克語、吉爾吉斯語、韃靼語、巴升基爾語；③東南部語支：烏茲別克語、維吾爾語；④東北部語支：阿爾泰語、哈咔斯語、圖瓦語。

(2)蒙古語族：蒙古語

(3)通古斯語族：埃文基語、埃文語、滿語、錫伯語。

烏拉爾語系

(1)芬蘭語族：芬蘭語、愛沙尼亞語、莫爾多維亞語、馬里語、科米語。

(2)烏戈爾語族：匈牙利語。

高加索語系

格魯吉亞語、阿布哈茲語、咔巴爾達語、車臣語、阿瓦爾語。

閃含語系

阿拉伯語、馬耳他語、希伯來語、古敘利亞語、阿姆哈拉語、什盧赫語、索馬里語、科普特語、豪薩語。

馬來──波利尼西亞語系

印尼語、馬來語、爪哇語。

尼日爾──剛果語系

門得語、弗拉尼語、莫西語、約魯巴語、斯瓦希里語、魯巴語、剛果語、盧旺達語。

美洲印第安語系

米斯基托語、加勒比語、凱楚亞語。

獨立語

日語、朝鮮語

獨立語就是獨立的語言，指那些不屬於任何語系的語言，一般說來，它又和其它語言無所關聯。根據目前的研究，日語和朝鮮語都屬於這類語言。除此之外，據說分布在西班牙東北部和法國西南部的巴斯克語、以及印度北部極少數人使用的布魯沙基語和日本北部幾乎滅跡的阿依努語也屬於獨立語。雖然有人做出努力，試圖把這些語言和

其它某一種語系聯繫起來，但目前還沒有成功。

2.世界語言的類型

現代人類的語言，根據傳統的形態學分類法分為四個類型，即：孤立語、黏著語、屈折語和多式綜合語。這種分類法由德國語言學家洪堡德和施萊赫爾等創立，雖然它對世界語言的區分不是十分精密的，但是對於部分地了解各種語言的語法特點很有參考作用，因此目前仍為人們所承認。

孤立語也稱為詞根語，其詞只由詞根組成，沒有附加成份，詞本身沒有表示語法形態的變化，詞與詞之間的語法關係靠詞序、虛詞等來表示，漢語、越南語屬於這一類；黏著語有附加成分膠附在詞根或詞幹上表示語法形態，但其間結合並不緊密，一個語法意義也只有一個附加成分。日語、蒙古語、土耳其語、朝鮮語屬於這一類型；屈折語的詞也有表示語法形態的附加成分，並且詞根和附加成分結合得非常緊密，格、數、態等語法形態由詞幹和詞尾的屈折變化來表示。希臘語、拉丁語、德語、法語、英語等歐洲諸國的語言大多屬於這一類型；多式綜合語也叫複綜語、綜合語、合體語，這類語言的特點是動詞可以包含主語、賓語、狀語等，綜合了別種類型的語言裏一般需要整個句子來表達的多種關係和意義，句子和詞的界限很難區別。這種類型的語言有美洲印第安語、愛斯基摩語和高加索諸語言等。

3. 日語是世界的主要語言

前面我們已經講過，語言的變化表現在分化和統一的過程。語言的分化過程是指各方言之間、各親屬語言之間差別擴大、語言增多的過程。在社會分化時，一種語言的不同方言會隨之分化為獨立的語言

，而由一種共同的語言分化出來的語言就是親屬語言。根據現在的情況看，日語在外界沒有親屬語言，好像不是從其它語言中分化出來的，因此在語系上是獨立的，也可以說在世界語言中是孤立的。

語言的統一過程是指各方言、親屬語言之間差別縮小、不同語言相互混合、語種減少的過程。語言隨著社會的統一而統一。日語在語系上雖然與其它語言沒有關聯，處於孤立的地位，但它本身却是多種語言的集合體。它內部包含著一般認為是另一個語系的阿依努語，還包含著對日本人來說聽起來像外語一樣的琉球語以及各種方言。它們之間的差別雖然很大，但自明治維新日本國體統一以後，各自的勢力不斷縮小，構成了日語現在這樣的一個獨立的體系。現代日語在日本列島上已經無人不懂、無人不能講了。

語言的變化還表現在語言的交融上，語言交融的結果往往是一種語言勝利，一種語言失敗。日本內部的阿伊努語和琉球語也可以說是在交融中逐漸消失的。與外部語言之間，由於日本是個島國，而且在歷史上也沒遭到外族的侵略和征服，所以沒有受到外國語言的決定性影響。古代，日語受漢語的影響創造了自己的文字，並從漢語中吸收了大量的詞彙；近代受西方語言的影響，也吸收了大量的詞彙。但是，這些影響都是表面的，做為語言基礎的音節結構和語法形態與遠古時期的沒有根本性的不同，至今具有既不同於漢語又不同於西方語言的獨自特點。

日語雖然是孤立的，但却是一個完整的體系。使用日語的人有一億一千萬到一億二千萬左右。高加索語系內約有四十種語言，但使用人口總共不過五百萬；阿爾泰語系分布的很廣，但使用人口也只有八千萬人；烏拉爾語系雖然包括匈牙利語、芬蘭語等，但使用人口最多不過二千萬。根據調查，使用人口超過五千萬的語言有十三種，即：

漢語、英語、俄語、西班牙語、印度語、日語、德語、孟加拉語、葡萄牙語、阿拉伯語、法語、意大利語、印度尼西亞語（紐約時報社≪百科年鑑≫1979年版）。日語與德語並列為第六位。因此，從使用人口上看，日語不但不是孤立的，而且可以説是具有優勢的一個大語種。

除使用人口外，日語出版物的數量也是相當大的。從數量上看它僅次於美國和蘇聯，占世界第三位，其次是英、法和西班牙等國（聯合國教科文組織≪統計年鑑≫1974年）。出版數量的多少，雖有一定的經濟原因，但另一方面也可以反應出讀者的數量，以及日語的影響範圍。由此看來，日語在世界語言中是個不可忽視的主要語言之一。

第二章　現代日語的特點

第一節　語　音

1. 音素及其種類

(1)日語的音素

在日語語音結構中音素是最小單位。例如サクラ（桜）一詞，從語音上首先可以分為〔sa〕（サ）、〔ku〕（ク）、〔ra〕（ラ）三個部分。再進一步分析，就會發現這三個部分是由〔s〕〔a〕〔k〕〔u〕〔r〕〔a〕六個音構成的。這 s・a・k・u……就是音素，不能再細分了。音素一般用〔　〕來表示。

在發音上，根據氣流通過咽喉、口腔時是否受阻，音素可以分為"元音"（母音）和"輔音"（子音）兩大類。氣流通過咽喉、口腔時不受阻的為"元音"，反之為"輔音"。在發音部位和發音方法上介於元音和輔音之間的叫做"半元音"（半母音）。半元音由於在音節中只能充當輔音而不能充當元音，一般被列為輔音一類。另外，從音節結構上考慮，日語中還有三個表示撥音、促音、長音的"特殊音素"。

歸納起來，現代日語的音素有四種、二十四個卿

元音卿a・i・u・e・o

輔音卿k•s•c•t•n•h•m•r•g•ŋ•z•d•b•p

半元音卿j•w

特殊音卿N•T•R

(2)元音

日語有五個元音，在數量上與俄語和西班牙語相同。在世界語言中，元音的數量一般是不同的。如英語中有六個，朝鮮語中有九個，法語中有十一個，而阿拉伯語和其它加祿語中只有三個。在世界語言中，日語的元音數量是較少的一類。一般認為日本人學習外語時發不好音，這與日語的元音數量少有直接關係。

日語的元音數量較少，發音的部位和發音方法也比較簡單，一般可以用簡單的〝母音三角圖〞表示。

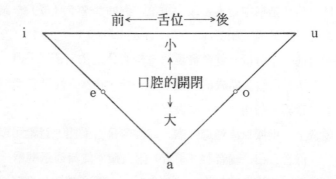

根據圖示，如果按照 a•i•u•e•o 的順序發音，就會意識到舌位、顎和唇形的變化。在學習日語時，能不能意識到這個變化是十分重要的，因為日語的音節都以元音結尾，元音的發音是否清晰，也是決定一個人語音面貌如何的重要因素之一。

現代日語的元音中，較有特點的是〔u〕音。它與漢語、英語中的〔u〕不同，發音時嘴唇不攝圓，前舌要抬高，因此常常用音聲標

記〔ɯ〕來表示，以示區別。另外，日本人發音時一般不使用嘴唇，這也是日語的特點。如日語中沒有〔v〕和〔f〕這兩個輔音，〔p〕和〔w〕音出現的也很少，原因就在於此。並且日本人在發〔a〕〔o〕音時，唇形也不發生變化。因此，常常有外國人說，日本人說話時不張嘴。

(3)輔音

現代日語的輔音共有十四個，如果加上〔j〕〔w〕兩個半元音一共是十六個。〔j〕和〔w〕是元音〔i〕〔u〕的輔音化，即與後面的元音一起，做為一種雙重元音使用的。如ヤ、ユ、ヨ和ワ用羅馬字寫為 ya、yu、yo、wa，在音聲學上是ĭa、ĭu、ĭo、ŭa。在世界語言中，據說夏威夷語和阿伊努語的輔音最少，只有九個，輔音最多的是阿爾瓦語，有四十三個。從數量上看日語的輔音也是很少的。

關於日語輔音的特點，首先是使用嘴唇發的音很少，這在前面已經講到。相反，在口腔後部發的音比較多，如 k・g・ŋ・h 等。由於這個原因，從外部觀察起來，日本人的發音顯得很不明了。另一個特點是，在日語的輔音中，屬於摩擦音的音特別少，**純粹的**只有〔s〕和〔h〕兩個。〝サ〞行輔音〔z〕好像是摩擦音，但在東京方言中，實際上發音為〔dz〕或〔dʒ〕，是破擦音，介於破裂音和摩擦音之間。

2. 音節及其結構

(1)音節的特點

音素是語音學上的最小單位，但是在實際語言生活中，人們的聽覺能夠直接感受到的不是音素，而是音節。音節是聽覺上最容易分辨的語音單位，也是最自然的語音單位。例如〝桜が咲いた〞是由 s・

a・k・u・r・a・ŋ・a・s・a・i・t・a十三個音素構成的，但實際上我們憑聽覺能直接感受到的，並不是這樣一個一個獨立的音素，而是sa・ku・ra・ŋa・sa・i・ta這樣的七個音團，即サ・ク・ラ・ガ・サ・イ・タ。這樣一個個由音素構成的組織，就是音節。原則上，日語的一個音節就是一個假名文字。日本俳句五・七・五，十七個音和短歌五・七・五・七・七，三十一個音，就是計算音節的數目而得來的。在時間上，日語音節的發音長度都是一致的，因此一個音節也是一拍。

(2)音節的結構

從音節的結構上分析，現代日語的音節有如下幾類：

①只由一個元音構成的音節。例如：〔a〕ア、〔i〕イ、〔u〕ウ……

②由一個輔音加一個元音構成的音節。例如：〔ka〕カ、〔sa〕サ、〔ta〕タ、〔ha〕ハ、〔hi〕ヒ、〔hu〕フ……

③由一個輔音、一個半元音和一個元音構成的音節。例如：〔kja〕キャ、〔bju〕ビュ、〔pjo〕ピョ……

④由一個半元音加一個元音構成的音節。例如：〔ja〕ヤ、〔ju〕ユ、〔jo〕ヨ、〔wa〕ワ。

⑤由一個特殊輔音構成的音節。例如：撥音〔N〕ン、促音〔T〕ッ、長音〔R〕。

根據上述結構，歸納起來日語的音節有以下特點：

①在一個音節中，最多只能有一個輔音。這一點與阿爾泰語相同。

②由輔音和元音構成的音節，必須以元音結尾。這是典型的開音節語言。與日語有同一性格的是太平洋上的玻利尼西亞民族的語言，

夏威夷語是其中之一。因此有人推測，日語可能是在玻利尼西亞語言的基礎上產生的。

　　③一個音節中只有一個元音。至於日語中輔音＋半元音＋元音的現象，與漢語和朝鮮語類似，這被認為是由於古代漢語的影響，才在日本語中産生的現象。

　　④有只由一個輔音構成的音節，即撥音、促音、長音音節。這樣的音節為閉音節。撥音是在下一個音即將發出的狀態下推入鼻腔的音，例如：ハンカチ（手帕）；促音是在下一個音即將發出的狀態下堵塞的音，例如：ガッコウ（學校）；長音是繼前一個音拉長的音，例如：クーキ（空氣）。這三個音都分別占一拍的時間，相當於一個音節。做為音素，這樣的音在其它語言中也有，但在音節中各占一拍却是極為罕見的現象。

(3)音節的種類

　　根據上述情況，我們發現，日語的音節結構非常簡單，並且也十分有規律。這是現代日語的語音特點之一。另外，日語的元音、輔音的數量較少，總共加在一起只不過二十幾個。這種情況的存在，決定日語音節的種類和數量。

　　過去，日本人認為日語只有五十個音節，〝五十音圖〞就是日語的音節表。但這種認識並不正確。〝五十音圖〞是在十世紀至十二世紀之間形成的，當時確實在某種程度上表現了日語的語音情況。目前〝五十音圖〞已經發生變化，如〝ヤ行〞的イ、エ和〝ワ行〞的イ、ウ、エ音節已屬重複，實際上在圖中是空格。另外，除〝五十音圖〞中的音節外，現代日語中還有一些其它音節，例如濁直音的ガギグゲゴ、半濁直音的パピプペポ、清拗音的キャキュキョ、濁拗音的ギャギュギョ等。因此，〝五十音圖〞已經不完全符合日語的音節實際

了。

表 1　日語音節一覽表

清直音	
アイウエオ	カキクケコ
サシスセソ	タチツテト
ナニヌネノ	ハヒフヘホ
マミムメモ	ヤユヨ
ラリルレロ	ワ
清拗音	
キャキュキョ	シャシュショ
チャチュチョ	ニャニュニョ
ヒャヒュヒョ	ミャミュミョ
リャリュリョ	
濁直音	
ガギグゲゴ	ザジズゼゾ
ダ　デド	バビブベボ
半濁直音	
パピプペポ	
濁拗音	
ギャギュギョ	
ジャジュジョ	
ビャビュビョ	
半濁拗音	
ピャピュピョ	
撥音　ン	
促音　ッ	
長音　ー	

現代日語的音節歸納起來（見表Ｉ）有一百零三個。另外還有一些只出現於外來語中的ツェ、チェ、ティ、ツァ、ファ、ウェ、クォ等特殊音節，加起來總共也只有一百二十多個。據調查，漢語標準話中有四百一十一個音節，英語的音節種類則不少於八萬個。與此相比，可見日語的音節種類是少得可憐的。

音節的種類少，是日語的一大特點，它給日本人的語言生活帶來了各種影響。由於音節少，一般日本人能屋較容易地全部記住它們。又由於日語假名是音節文字，文字的發音以及數量與音節是一致的，所以日本人也能很容易地掌握假名文字的辨認和書寫。只要掌握了日語一百多個音節的寫法，那麼便可以隨意寫出自己想說的話。據說日本兒童在一年級第一學期結束時便能達到這種能力。同其它語言比較起來，在這一點上日語是相當優越的。從戰後對日本人讀寫能力的調查來看，日本幾乎不存在文盲，這當然與日本的教育水平高有一定關係，但更重要的原因是日語的音節數量少、文字容易掌握。

音節種類少的不良後果，是使日語產生了大量的同音詞。在日語中，同一種發音而具有多種意思的詞很多。如發音為〝コーショー〞的詞，就有〝交渉〞〝公傷〞〝公証〞〝工匠〞等三十多個。大量的同音異意詞是由於音節種類少造成的。由於這種現象的存在，使日語在聽覺上不容易理解，在視覺上要更多地依滯於漢字的茄助。如〝シカイシカイシカイ〞（歯科医師会司会）一詞，如果只憑聽覺或不借助於漢字都是不會立即明白其義的。

3. 語流中語音的變化特點

音素、音節都是語音的基本單位，正確地掌握它們的各自特點，對於學習語音是極其重要的。我們知道，在實際語言生活中，**特別是**

在口語中，語音並不是以一個個音素、一個個音節為單位孤立地發出，而是連貫的。在連續的語流中，一個音素、一個音節往往由於它在語流中所處的環境（語音環境）不同，或由於説話速度的快慢、發音的高低、強弱不同而發生一些變化。這樣的變化在不同的語言中都有所存在，了解他們的變化規律對學習外語也是十分必要的。日語語音在語流中有規律的變化可以歸納為以下幾種：

(1)元音的無聲化

　　元音本來都是有聲音，但是在語流中，在某種特殊條件下，有的元音只有自己的口形，而不伴隨聲帶的振動，結果使有聲的元音變成了無聲音。這種現象叫〝元音的無聲化〞。

　　在日語中，容易產生無聲化現象的是〔i〕和〔u〕兩個元音。它們一般在以下兩種情況下產生無聲化（無聲化的元音用符號〔o〕表示）：

　　①位於兩個無聲輔音（如：k・ʃ・s・t・tʃ・ts・ç・F・p）之間時。例如：

　　〔çi̥kari〕（<ruby>光<rt>ひかり</rt></ruby>）

　　〔Fu̥toi〕（<ruby>太<rt>ふと</rt></ruby>い）　　　〔su̥ppai〕（すっぱい）

　　②位於降調，並是出現在詞句最後一個音節キ・ク・シ・ス・チ・ツ・ヒ・フ・ピ・プ・シェ中時。例如：

　　〔hasi̥〕（<ruby>箸<rt>はし</rt></ruby>）　　　　〔aki̥〕（<ruby>秋<rt>あき</rt></ruby>）

　　〔kaku̥〕（<ruby>書<rt>か</rt></ruby>く）　　　〔…desu̥〕（…です）

　　元音〔i〕〔u〕無聲化在以正常的速度進行會話或朗讀時為前提，如果有意地把一個個音節斷開説或讀，無聲化現象就不會出現。另外，在幾個夾在兩個無聲輔音之間的〔i〕〔u〕連續出現時，出於發音抑揚頓挫的節奏感和辨意方便，其中有的往往不產生無聲化（本應是無

無聲化而不無聲化的元音用符號〔‧〕表示）。例如：

〔çiʃɾ̥çi ʃito〕（ひしひしと）

〔joki̥ki̥ki̥te〕（良き聞き手）

〔ki̥sotekitʃisi̥ki〕（基礎的知識）

日語元音無聲化現象本來是日本關東、東北南部和北海道、九州等地區的方言語音現象，目前由於廣播電視的推廣已經成為日語語音上的一個特點。

(2)ガ行鼻濁音

日語中ガ行濁音（ガ・ギ・グ・ゲ・ゴ）在語流中有時發為鼻濁音。ガ行濁音的輔音〔ɡ〕是有聲軟顎破裂音，音較強，但氣流不通過鼻腔。鼻濁音是氣流在軟顎處被堵進鼻腔，在鼻腔產生共鳴時發出的。鼻濁音化的ガ行輔音用軟顎鼻音〔ŋ〕表示。在文字上為了區別於一般濁音，在這裏寫為カ°・キ°・ク°・ケ°・コ°。

ガ行濁音在以下幾種情況下變為鼻濁音。

①在詞中位於第二個音節（包括第二個）以後的ガ行濁音原則上鼻音化。例如：

日銀（ニチキ°ン）　　大群（タイク°ン）

工芸（コーケ°ー）　　文豪（ブンゴ°ー）

反逆（ハンキ°ャク）

奉行（ブキ°ョー）

②在句中，助詞"ガ"發音為鼻濁音。例如：

花カ°咲ク。

行ッタカ°、留守ダッタ。

君ハソレデイイ。カ°、ボクハ違ウ。

③在複合詞中，兩個詞結合得緊密時，位於後一個詞詞頭的ガ行

濁音産生鼻濁音化。例如：

　　小学校（ショーカ°ッコー）

　　中学校（チューカ°ッコー）

　　衆議院（シューキ°イン）

④由複合詞的連濁引起的が行濁音都鼻濁音化。例如：

口・車→口車（クチク°ルマ）

真珠・貝→真珠貝（シンジュカ°イ）

株式・会社→株式会社（カブシキカ°イシャ）

位於第一個音節以外的ガ行濁音，按習慣也有不發生鼻濁音化的
現象，它們是：

①外來語中的ガ行濁音。例如：

キログラム　レントゲン　消しゴム

②位於敬語接頭詞後的ガ行濁音。例如：

お元気（オゲンキ）

お義理（オギリ）

③同音反覆形式的擬聲擬態詞中的ガ行濁音。例如：

ガタガタ　ギリギリ　グズグズ

ゲラゲラ　ゴソゴソ

④數詞〝五〞。例如：

十五日（ジューゴニチ）

二十五人（ニジューゴニン）

但是名詞中的〝五〞仍要發為鼻濁音。例如：

十五夜（ジューゴ°ヤ）

七五調（シチゴ°チョー）

ガ行濁音鼻濁音化現象本來主要出現在北海道、東北、關東、中

部和近畿等地區。在日本的教育、廣播電視以及音樂等領域，將ガ行濁音的鼻濁音化做為日語的標準發音使用。但是現在在東京、京都、大阪、札幌等大城市中，這種現象已經出現退化趨勢。

⑶〔i〕的長音化

日語エ段假名，如ケ〔ke〕、セ〔se〕、テ〔te〕、ネ〔ne〕都以元音〔e〕結尾。在エ段假名後出現另一個元音〔i〕（イ）時，不是讀為〔－ei〕，而是〔－e-〕。這種現象叫做〔i〕的エ段長音化。

如：①命令②衛星③叮嚀④經營等在現代日語中不是清楚地讀音為①メイレイ（meirei）②エイセイ（eisei）③テイネイ（teinei）④ケイエイ（keiei），而是把"イ"（i）讀成〔e〕的長音：①メーレー（me:re:）②エーセー（e:se:）③テーネー（te:ne:）④ケーエー（ke:e:）

當兩個元音同時出現時，由於聲帶要連續震動，常常給發音帶來一定的困難，因此，其中的一個元音有時容易被另一個元音弱化或同化。〔－ei〕發音為〔－e:〕，就是因為〔e〕和〔i〕都是前元音，發音部位相近，這時〔i〕被前面的〔e〕同化了。

⑷拗音的直音化

拗音的直音化，主要指拗音音節シュ、ジュ在語流中發音為直音シ、ジ的現象。例如把"下宿〔geʃuku〕（ゲシュク）"讀為〔geʃi-ku〕（ゲシク），把"新宿〔ʃinʒuku〕（シンジュク）"讀為〔ʃin-ʒiku〕（シンジク）就是這種現象。

拗音的直音化實質上是〔u〕元音的〔i〕元音化問題。拗音シュ〔ʃu〕、ジュ〔ʒu〕的輔音〔ʃ〕〔ʒ〕是齒齦硬顎音，其元音〔u〕是軟顎音，由兩個發音部位不同的輔音、元音構成一個音節時，在發音上有一定的困難。元音〔i〕是硬顎音，發音部位與〔ʃ〕〔ʒ〕

相近，這樣元音〔u〕就很容易被發為元音〔i〕。這種變化的結果就是拗音シュ、ジュ的シ、ジ直音化。這種語音現象已經成為現代日語的標準發音，日本廣播事業單位照此標準訓練播音員，同時這也引起了日語教育界的注意。

在實際語言生活中，拗音的直音化現象也常常引起詞意的混同，在容易引起誤解的情況下，一般儘可能防止拗音的直音化。例如：

出火（シュッカ）←→失火（シッカ）

手術（シュジュツ）←→史実（シジツ）

趣向（シュコー）←→嗜好（シコー）

在這樣的兩個詞出現在同一語境時，前者一般不要直音化。

4. 日語的聲調

(1)什麼是聲調

一個詞由一個或幾個音節構成。在一個詞中，音節與音節之間存在著高低、輕重的配置關係。這種相對的配置關係體現在語音上就是〝聲調〞。聲調是約定俗成的社會現象，它在有聲語言中起著重要作用。

世界語言的聲調大體上可分為高低型和輕重型兩種。英語、德語、俄語、西班牙語等語言是輕重型聲調，漢語、越南語、泰語和日語都屬於高低型聲調。高低型就是在構成一個詞的音節中·有高音節和低音節兩個階段，高低階段的組合構成一個詞的聲調。如讀〝ハシ〞音的詞有兩個，〝箸〞是〝ハシ〞，〝ハ〞比〝シ〞高，〝橋〞也是〝ハシ〞，但〝ハ〞比〝シ〞低。〝カキ〞（柿）和〝カキ〞（牡蠣）、〝アメ〞（雨）和〝アメ〞（飴）也是如此，不同意思的詞都有固定的聲調，根據聲調的高低可區別詞義。有些詞發音相同，詞本身的

聲調也沒什麼區別，在這種情況下，要在詞的後面加上助詞等其它成分才能看出聲調的變化。如〝火〞〝日〞都讀為〝ひ〞，詞自身在聲調上沒有區別，但接上助詞〝ガ〞後就有區別了。〝火〞讀為〝ヒガ〞，〝日〞讀成〝ヒガ〞。

　　聲調有明顯的社會性，同一個單詞，由於地區不同，時代不同，聲調也往往不同。如東京和京都、大阪的聲調就有很大差別（見表Ⅱ），甚至是相反的。據說平安時代中期的聲調和現代日語的聲調也不同，〝紙〞和〝髮〞、〝倉〞和〝鞍〞在現代日語中聲調沒有區別，但在古代據說聲調是不同的。現代日語以東京語的聲調為標準聲調。

表Ⅱ　東京式和京阪式聲調

詞　例	東京式	京阪式
飴	アメ	アメ
橋	ハシ	ハシ
花	ハナ	ハナ
朝	アサ	アサ

⑵日語聲調的種類

　　日語聲調的高低變化不是在某一個音節的內部，而是發生在兩個音節的銜接之處。在高→低兩個音節中，把高音節稱為〝聲調核〞，把高音節向低音節變化的地方，即高低兩個音節的中間部分稱為〝聲調階〞。如把〝こころ〞（心）一詞用曲線標出聲調是：こ　　ろ，其中第二個〝こ〞是聲調核，第二個〝こ〞向〝ろ〞下滑處是聲調

表Ⅲ　日語聲調種類一覽表

種類／音節		一個音節	兩個音節	三個音節	四個音節	五個音節
平板式	平板型	日（が）	鳥（が）	私（が）	友だち（が）	赤ん坊（が）
起伏式	頭高型	火（が）	雨（が）	緑（が）	姉さん（が）	どちらさま（が）
	中高型			お菓子（が）	平仮名（が）	日本人（が）
					土よう日（が）	晩ご飯（が）
						おじょうさん（が）
	尾高型		花（が）	男（が）	妹（ガ）	案内書（が）

階。日語的聲調，一般認為重要的部分是高音節向低音節變化的地方，即聲調階，而不是由低音節向高音節變化的地方。

根據聲調階的有無，日語的聲調首先分為兩大類：沒有聲調階的為"平板式"，有聲調階的為"起伏式"。其中起伏式又分為三種：聲調階在第一個音節後的叫"頭高型"，聲調階在最後一個音節後的叫"尾高型"，聲調階在單詞中某個音節後的叫"中高型"。據此可以簡略表示為：

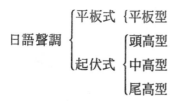

日語聲調 ⎰ 平板式 ⎰ 平板型
⎱ 起伏式 ⎰ 頭高型
⎱ 中高型
尾高型

⑶日語聲調的特點

現代日語的聲調以東京語為標準，有如下特點：

第一，日語的聲調雖然可分為上述四個種類，但歸納起來只有高低兩個階梯。

ハ∫シガ（箸が）──高低低

ハ∫シガ（橋が）──低高低

ハ∫シガ（端が）──低高高

同其它高低型聲調的語言比較，日語的聲調不富於變化，比較單純。

第二，日語聲調的高低配置有嚴密的規律，在一個詞中，第一個音節如果高，第二個音節就低；第二個音節如果高，第一個音節就必然是低的，就是說第一個音節和第二個音節經常是高低分明的。同時，在一個詞中，高音節不能分立兩處，不能有兩次高音節。高音節一經降下去就不再升高，起伏不平。這種情況的存在，是日語聲調種類較少的主要原因。

第三，聲調一般有區別同音詞的功能，如〝ハシ〞（箸・橋），〝アメ〞（雨・飴），〝ハナ〞（花・鼻）等，在日語中都可以用聲調區別開詞義。但是，由於日語音節種類少，結構簡單，產生了大量的同音詞。在同音詞中又有很多是聲調相同的。如〝工業〞和〝礦業〞、〝市立〞和〝私立〞、〝科學〞和〝化學〞在日語中都不能用聲調區別，而必須依靠文脈來識別。因此，日語的聲調在區別同音詞方

面起的作用並不是絕對的。

　　第四、日語的聲調在區別同音詞方面的作用雖不很大，但在句子中區分兩個詞的作用却很大。因為日語聲調的高低規律很強，它可以告訴人們從哪到哪是一個詞，這叫做〝統制機能〞。例如金田一春彥先生舉的例子，〝ニワノサクラガチッテシマク〞（庭の桜が散ってしまう），每個詞的銜接處的第一個音節都是低聲，所以單詞在哪兒開頭很清楚。

第二節　文　字

1. 日本文字的種類

　　談到日本文字，最大特點就是其多樣性。日語同時使用著幾種不同的文字。例如：

　　　かつては現行のカラーTV の技術方式 NTSC システムの N BC と認可を争ったコロンビア方式を開発し、近年では LP レコード……など、目新しい開発を活発におこなってきた。しかし、なんといってもここ一、二年の話題は EVR であろう。

　　這是某家日本雜誌的一段報導。其中的〝現行〞〝技術方式〞〝認可〞等詞由漢字組成，〝かつては〞〝の〞〝と〞等詞是由平假名，〝カラー〞〝システム〞〝コロンビア〞等詞是由片假名構成的，而〝TV〞〝NTSC〞〝NBC〞〝EVR〞則是英文字。在日語中，像這樣把漢字、假名、英文字三種不同文字混在一起使用的現象極為普遍。

　　目前，在世界上使用著各種各樣的文字，根據它們的性質，可以

分為兩大類：表意文字和表音文字。表意文字如漢字，它原則上以一個字為單位，表示一定的意思。當然，表意文字在表示意思的同時還表示發音。表音文字一個字表示一定的音，一個或數個結合在一起才能表示某種意思。表音文字又分為兩類：音節文字和音素文字，前者如日語的假名，後者如英文字等。

一般來說，一種語言只使用一種文字，如漢語使用表意文字的漢字，英語使用表音文字中的音素文字。但是由於種種歷史原因，現代日語中却同時存在著三種性質不同的文字，即：

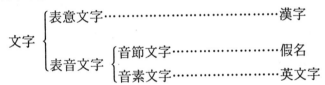

目前，除日語使用三種文字外，南韓使用兩種文字，即表意文字的漢字和表音文字的韓文。而其它語言都使用一種文字。

在現代日語中，文字的使用以漢字和假名為主，英文字為輔。在假名中又分為平假名和片假名兩種，其中平假名為主、片假名為輔。這三種文字的產生和發展都有各自的特點，在日語中也各自起著不同的作用。

一般來說，日語文章以漢字加平假名混寫為標準，其中也可以混雜片假名和英文字。只使用其中一種文字書寫的文章是極特殊的現象。如只使用漢字的情況大致僅限於報紙上的廣告，如：

男女從業員　各社保有住込可
　　　　　　高給優遇委細面

意思是"招聘男女職員，有各種社會保險，可以在公司住宿。給高工薪待遇，詳情面談。"由於廣告要求簡明厄要，文字精煉，使用表意

文字的漢字很方便。只用平假名的現象，基本上是面向幼兒的畫本、童話以及小學一年級初期的讀物等。只用片假名的文章是電文，除此之外幾乎不用。而只用英文字的文章，僅限於針對外國人的日語入門讀物或會話文等。

就某個詞來説，用漢字寫，還是用平假名或片假名寫，基本上是固定的。不過，根據不同情況和需要，有很多詞既可以用漢字寫，也可以用平假名或片假名寫。如日本的國花〝サクラ〞（櫻花）一詞，一般用漢字寫為〝桜〞，在兒童讀物中一般用平假名寫為〝さくら〞，而在植物學領域也用片假名寫，如〝ヤマザクラ〞（山櫻）、〝ヤエザクラ〞（重瓣櫻花）等。這樣一個詞可以用幾種文字寫的現象也是日語獨有的特點。

2. 日語中的漢字

⑴漢字的數量

從三世紀漢字最初傳入日本直到今天，在這一千六、七百年間，日本人的語言生活從沒有離開漢字。那麼，在現代日語中，究竟有多少漢字呢。據調查，收錄漢字最多的是全十三卷的《大漢和辭典》（諸橋轍次著　大修館），共收漢字 49964 個，其中包括過去用過而現在已經不用的字和異體字。由此我們可以看出，在日語中曾經用過的漢字已經達到了五萬個左右。現在日常用的漢和辭典，漢字量要少得多，一般在一萬到一萬五千個字之間。

無論是過去還是現在，日本人日常使用的漢字遠遠沒達到辭典所收錄的數量。據了解，在日本的《古事記》中，使用了 1521 個漢字，《萬葉集》中使用了 2771 個漢字，《日本書紀》中使用了 3880 個漢字。據明治以來的多次調查來看，現代報紙、雜誌和一般書籍中使用

的漢字也不超過四千字。其中戰前一般在 3500 字左右，戰後在 3000 字左右。這 3～4 千字是平均最高數字，實際上並不是日本人都能讀、寫的。如果除去偶爾出現的漢字外，現在日本人經常使用的漢字大約在二千字以內。

自江戶時代末期以來，為了提高文字學習的效率，不斷有人提出建議，要求限制漢字。日本政府出於教育以及社會生活的需要，於第二次世界大戰後採取了限制漢字的政策，並於 1946 年首次規定了〝當用漢字〞。〝當用漢字〞規定，除地名、人名等固有名詞外，在法令、公文、報紙、雜誌以及一般社會中使用的漢字為 1850 個，並規定了字體和標準讀音。〝當用漢字〞規定三十多年來，接受過〝當用漢字〞系統教育的人已超過了日本人總數的一半。

1981 年，在〝當用漢字〞的基礎上，日本政府又制定公布了〝常用漢字表〞，規定常用漢字為 1945 個，在原來的〝當用漢字〞的基礎上又增加了 95 個漢字，取代了〝當用漢字表〞。〝常用漢字表〞公布以後，日本法務省又發表了〝人名用漢字表〞，據此，人名除常用漢字表規定的 1945 個字外，還可以使用此表公布的 166 個漢字。實際，目前可以使用的漢字是 2111 個。

(2)日本式漢字

本來，在用中國文字－－漢字記述日語時，常常有找不到與日語十分吻合的漢字的現象。這樣，日本人便創造了一些漢語中沒有的日本式漢字。例如：

俤（おもかげ）、樫（かし）、裃（かみしも）、鎹（かすがい）、俥（くるま）、糀（こうじ）、凩（こがらし）、込（こむ）、怺（こらえる）、榊（さかき）、笹（ささ）、雫（しずく）、躾（しつけ）、凧（たこ）、襷（たすき）、閊（つかえる）

、辻（つじ）、峠（とうげ）、凪（なぎ）、畑（はたけ）、働
（はたらく）、噺（はなし）、籾（もみ）、椛（もみじ）、枠
（わく）等。

　　在日語中，這些在日本産生的漢字叫做〝國字〞，也稱〝和字〞
。其中的〝込〞、〝働〞、〝畑〞、〝枠〞等已經列入常用漢字表。
這樣的漢字除個別的（如〝働（どう）〞）外，一般只有訓讀，而沒
有音讀。這是日本式漢字的特點之一。

　　日本人自己新造漢字是從平安時代初期開始的。當時他們已經掌
握和習慣了漢字的造字方法，開始模烏著創造新字，這種習慣一直持
續到如今。如〝瓩〞〝呎〞〝糎〞〝粍〞〝粁〞〝腺〞〝錠〞等都是
近代産生的日本式漢字。日本式漢字的絶大部分是根據會意文字的原
理産生的，其中也有一部分是按形聲文字的原理創造出來的。

　　在日本式漢字中，數量最多的要算是魚字旁的字。例如：鰍（か
じか）鮗（このしろ）鯔（おおぼら）鱪（まて）鯐（すばしり）鯑
（かずのこ）鯰（なまず）鯱（しゃち）鰺（むろあじ）鰯（いわし）
鱈（たら）等等。據調查，≪大漢和辭典≫中收団魚字旁的漢字約
680個，其中相當於百分之五的34個字是日本式漢字。這與日本四
面靠海，魚業資源豐富分不開。

(3)漢字的讀音

　　日語中漢字的讀音大體上分為音讀和訓讀兩種。音讀又根據漢字
的來源和到日本的時期不同分為漢音、呉音、唐音，以及由於習慣形
成的慣用音等。訓讀分為字訓和詞訓。基於這種情況，漢字的讀音十
分複雜，有一些漢字根據意思不同和出現的場合不同有多種讀法，如
〝生〞字有生（せい）、生（しょう）、生（い）きる、生（う）まれる、生（は）える、生（なま）等，多者達幾十
種乃至上百種讀音。

①音讀

漢字的音讀分為漢音、吳音、唐音，這已經在第一章介紹過了。另外還有一種慣用音也屬於音讀。據對〝常用漢字〞1,945 字的調查，這四種音讀在日語漢字中占的比例分別是：漢音 54.7％、吳音 37.8％、唐音 0.6％、慣用音 6.9％，可見讀漢音的漢字數量最多，占音讀漢字的一半以上。

②慣用音

慣用音也叫做〝百姓讀〞（ひゃくしょうよみ），是漢字音讀的一種，但是與漢字傳入的時期及地域無關，與其它三種漢字音也不一致。慣用音主要是由一些不懂漢字讀音常識的日本人在類推漢字的字形和結構時產生的不正確的讀法。例如：

消耗（ショウコウ←→ショウモウ）

口腔（コウコウ←→コウクウ）

洗滌（センデキ←→センジョウ）

撒水（サッスイ←→サンスイ）

憧景（ショウケイ←→ドウケイ）

按照漢字的讀音規則，本來←→前的音是正確的，後面的音是錯誤的。如〝耗〞字本來應讀為〝コウ〞，但受偏旁的影響誤讀為〝毛〞（モウ）了。其它也是如此，把〝腔〞誤讀為〝空〞、〝滌〞誤讀為〝条〞、〝撒〞誤讀為〝散〞、〝憧〞誤讀為〝童〞了。因此，在慣用音開始出現時，曾被認為是一種錯誤的讀法，而遭到排斥，後來由於漸漸地形成了習慣才被社會公認，並收入辭典。這樣，本來應是正確的讀音反倒被人們忽視，而成錯誤的了。

③訓讀

訓讀是給漢字加上的日語同義詞的讀音。在第一章講到，這種音

與漢字原來的讀音沒有任何關係。

日語中的漢字大多數都同時具有音讀和訓讀。例如：

安（アン・ヤスイ）　　偉（イ・エライ）

育（イク・ソダツ）　　横（オウ・ヨコ）

花（カ・ハナ）　　　　家（カ・イエ）

夏（カ・ナツ）　　　　冬（トウ・フユ）

有的字甚至同時具有幾種音讀或訓讀。如在〝常用漢字表〞中，〝納〞字有五音二訓、〝分〞字有三音四訓、〝生〞字有二音十訓、〝上〞字有二音八訓等。只有音讀沒有訓讀的漢字比較少。例如：

愛（アイ）　医（イ）　宇（ウ）　英（エイ）　央（オウ）

貨（カ）　季（キ）　区（ク）　刑（ケイ）

只有訓讀而沒有音讀的漢字更少。例如：

扱（アツカウ）　芋（イモ）　沖（オキ）　卸（オロス）　株（カブ）　芝（シバ）　瀬（セ）　娘（ムスメ）　坪（ツボ）　箱（ハコ）　矢（ヤ）　姫（ヒメ）等。

據對〝常用漢字表〞的調查，在 1,945 字中，同時有音訓兩種讀音的漢字有 1,168 個；只有音讀的漢字是 737 個；只有訓讀的漢字是 40 個。

一些漢字有多種訓讀，同時也有多種漢字為一個訓讀的現象，這叫做〝同字異訓〞。例如：

はかる：測、量、計、図、謀

とる：取、採、捕、執、撮

もと：下、元、本、基

おさまる：治、收、修、納

かたい：固、難、堅、硬

等等。

④借字和詞訓

漢字的音讀或訓讀一般都是以一個字為單位的，因此也叫做〝字音〞或〝字訓〞。但是有一些訓讀以詞為單位。一個詞有一種固定的讀法，不能按漢字把讀音分開。這種現象可以叫做〝詞訓〞，日語叫做〝熟字訓〞。例如：

田舍（いなか）　五月雨（さみだれ）
梅雨（つゆ）　　雪崩（なだれ）
吹雪（ふぶき）　土産（みやげ）
下手（へた）　　竹刀（しない）
海苔（のり）　　時雨（しぐれ）
老舖（しにせ）　博士（はかせ）

與〝詞訓〞相似的還有一種〝借字（当て字）。即把含義不同的漢字借來表達日語的內容。這樣使用的漢字叫做〝借字〞。借字的讀音大多是以詞為單位固定的，這一點與〝詞訓〞很相似。因為它們的讀音都因詞而固定，並且漢字所具有的含義與其詞所表示的意思基本無關。屬於〝借字〞的詞有：

砂利（じゃり）　師走（しわす）
部屋（へや）　　可哀想（かわいそう）
呑気（のんき）　素敵（すてき）
合羽（かっぱ）　天婦羅（てんぷら）
瓦斯（ガス）　　珈琲（コーヒー）

〝詞訓〞和〝借字〞現象出現在日語中的時間較早，長期以來，這類詞在日語中不斷增加。特別是在明治前後，對大量吸收進來的外來語也採用了借字方式書寫。戰後以來，由於對漢字及其讀音的限制

，大部分屬於〝詞訓〞和〝借字〞的漢字被取消，改用假名書寫。目前在〝常用漢字表〞副表中只保留了110個這樣的詞。

⑷漢字的應用

前面講到，現代日語的標準文章是〝漢字假名混合文〞。例如〝自動車の列が長く続いています。〞這是日語文章的標準寫法。在這種文章中，原則上使用漢字書寫具有實質性概念和意義的部分，如〝自動車〞〝列〞等名詞、〝長い〞〝続く〞等動詞、形容詞、形容動詞的詞幹部分等；平假名多用於書寫助詞、助動詞，以及活用詞詞尾等表示語法概念的部分。

由於漢字是表意文字，它承擔著各種詞中具有實質性概念的部分，所以適當地使用漢字對於辨別和理解詞義很有好處。如果過多地使用漢字或過多地使用平假名都會直接影響文章的表達效果，也不利於理解。那麼，漢字在文章中應占多大的比例呢？有調查表明，在報刊中，一百個文字裏，漢字量為35個左右為宜；在一般性文章中，一百個文字裏，漢字量為20～40個為宜，多於55個或少於20個，都會給閱讀和理解增添困難。

根據上述調查，一般認為，漢字在文章中的出現率在40％以下為宜。漢字出現得過多，會使文章烏黑一片，閱讀難度大，容易使讀者失去閱讀興趣；漢字過少，雖然文面會顯得清晰一些，但詞與詞之間的間隔不易區別，詞意也不容易理解。如有一條針對兒童的廣告是這樣的：

いなかへいったらネ
かわいいこうしが
ママとまちがえて
ポッケを

かぎにきたワ

（到了鄉下，小牛誤把衣袋當成了媽媽，用鼻子來嗅它。）這裏面一個漢字也沒使用，所以讀起來反倒很費力，如〝こうし〞這個詞，不用漢字就很難一下子明白是〝小牛〞。

從歷史上看，在日語文章中，漢字的比重在不斷地下降。其原因有以下幾點：①由於對漢字使用的限制，用假名、或可用漢字也可用假名寫的漢語詞彙增多了；②由於和語詞彙的增加，用平假名寫的詞彙占的比重大了；③用片假名書寫的外來語詞彙增多了；④本來可以用漢字書寫的助詞、助動詞以及形式名詞、補助動詞等都改用了平假名；⑤從整體上看，為了易於閱讀和辨別詞義，送假名使用的多了。

3. 假名及其應用

在第一章已經講到，日語假名產生於把漢字做為表音文字使用的〝萬葉假名〞，就此不再贅述。在平假名和片假名早已形成的今天，做為其前身的〝萬葉假名〞已經完成了其歷史使命。現代日語中，除〝真優美〞（まゆみ）、〝菜穗子〞（なおこ）、〝久美子〞（くみこ）等用於一些人名外，做為記錄一般詞彙的文字已經消聲滅跡。

在現代日語中，假名共有 46 個，按發音特點排列在一起，稱為〝五十音圖〞。這 46 個假名分別有兩種寫法，一種叫平假名，一種叫片假名，發音是相同的。

假名表

あいうえお	アイウエオ
かきくけこ	カキクケコ
さしすせそ	サシスセソ

たちつてと	タチツテト
なにぬねの	ナニヌネノ
はひふへほ	ハヒフヘホ
まみむめも	マミムメモ
や　ゆ　よ	ヤ　ユ　ヨ
らりるれろ	ラリルレロ
わ　　を	ワ　　ヲ
ん	ン

(1)平假名的應用

在日語的句子、文章中，哪些詞彙用平假名書寫，或哪些部分用平假名書寫，這一點沒有明確的規定。但是，長期以來也形成了一些習慣。按這種習慣分析，可以把用平假名書寫的詞歸納為兩類：必須用平假名寫的和較多用平假名寫的。

日語中的助詞、助動詞和用言的活用詞尾，即在語言中沒有實質性概念，只具有語法作用的部分一般必須用平假名寫。一般多用平假名書寫的詞有：代詞（おれ、おまえ、あなた、ぼく、それ、これ等），連體詞（ある、いわゆる、この、そんな、わが等），副詞（だんだん、いっそう、せっかく、いずれ、およそ、とても等），接續詞（あるいは、および、すなわち、さて、ところで等），感嘆詞（ああ、おお、わあ、おい、はい等），接詞（お手紙、お父さん、一人まえ、一番め、子供たち、一年じゅう等），形式名詞（こと、もの、ところ、うち、はず、わけ等），補助動詞（いく、くる、みる、おく、しまう等）。代詞中的〝私〞、〝彼〞、〝彼女〞，副詞中的〝突然〞、〝万一〞、〝意外〞、〝必ず〞、〝実に〞、〝少し〞等

現在仍習慣用漢字書寫。

　　以上是從詞類上看的。除此之外，下面的一些詞原來曾用漢字書寫了，但目前習慣上已大多改為平假名書寫。例如①常用漢字表中沒有的漢字：ねこ（猫）、ひのき（檜）、あいさつ（挨拶）、かんじん（肝腎）等；②使用借字的詞：ぐあい（工合）、じだんだ（地団駄）、むちゃ（無茶）、かわいそう（可哀相）、ごまかす（誤魔化す）、ぐずる（愚図る）等；③屬於詞訓的詞：まねる（真似る）、ゆえん（所以）、たび（足袋）、なだれ（雪崩）、うちわ（団扇）等；④同時具有音讀和訓讀、而不容易辨別具體讀音的詞：きょう・こんにち（今日）、けさ・こんちょう（今朝）、あす・あした・みょうにち（明日）、きのう・さくじつ（昨日）、ことし（今年）等；⑤由於意義相同而可以使用兩種以上漢字的詞：よい（良い、好い、善い）等；⑥本來用漢字書寫的外來語：きせる（煙管）、かるた（歌留多）、じばん（襦袢）、さらさ（更紗）等。

　　(2)片假名的應用

　　在以漢字平假名為主的日文中，片假名是處於補助地位的文字。它在日語中的應用範圍遠比平假名窄小。

　　在現代日語中，片假名主要用來記錄外來語詞彙，這是眾所周知的。其次是用來書寫中國以外的外國的專有名詞，如：イギリス（英國）、タイ（泰國）、ブラジル（巴西）、ニューヨク（紐約）、モスクワ（莫斯科）、マルクス（馬克思）、エジソン（愛迪生）、ノーベル（諾貝爾）等。

　　可能是使用較少的緣故，片假名具有一種新奇而引人注目的特點，用它能發揮到強調或加深印象的作用。另外，片假名的表音性能也較強，因此也常用來描寫一些特殊的發音。根據片假名的這種特點，

它還較多地用來書寫下面這些詞：①擬聲擬態詞（ワンワン、ザー、ゴトゴト、カンカン、スイスイ等）；②感嘆詞（アア、エッ、キャー、ワアッ等）；③俗語、隱語（ピンからキリまで、インチキ、シャリ、サツ、デカ等）；④方言（シバレル、バッテン、メンコイ等）；⑤動植物名稱（アジ、カバ、キリン、クチナシ、タンポポ等）；⑥學術、專業用語（タルミ、ヒズミ、シテ、ワキ、ツレ等）；⑦正規寫法以外的臨時性的音（あれァ、いたいッ、奥サァン、あのねニ等）。除此以外，還用於標音（音楽〔オンガ°ク〕、合羽〔カッパ〕、覆ラ〔オオ〕等）和電報文等。

(3)注音假名

注音假名是專門用來標在漢字旁，以示漢字讀音的假名。日語中把這種假名稱為〝振り仮名〞或〝ルビ〞。注音假名在豎書的文章中注在漢字的右側，在橫書的文章中注在漢字上方。

在漢字上加注注音假名，有如下幾方面的需要：

①為了便於讀漢字。戰前，日語中的漢字數量多而雜，讀起來很不方便。所以很多出版物以及報刊雜誌中的漢字上都注有注音假名，以方便讀者。

②為了防止讀錯。有些詞漢字相同，但音義不同。例如〝上手〞根據不同意義，有うわて、じょうず、かみて幾種不同的讀音，具體場合需要注明讀音。又有一些詞，如屬於借字的小豆（あずき）、先刻（さっき）、裸体（はだか）的讀音與一般的讀音規律不同，需注上注音假名，以防讀錯。

③用注音假名使漢字的生硬内容和口語表達相互補充，或發揮口語表達的作用。例如：〝運命〞標音為〝さだめ〞、〝継母〞標音為〝はは〞、〝頭脳〞標音為〝あたま〞，以及採用〝内服すれば卓効

あり"的標音方法，以縮小書面語和口語的差別。

④用注音假名表示特殊的地方音。如："行く" "此間" "毎日" "大丈夫" 等。

注音假名産生於平安時代，在江戸時期曾叫做"つけがな"。明治時期，注音假名繁多而複雜、不統一，使用起來很不方便。因而漸漸出現了取消注音假名、淨化文章的動向。昭和十三年，文學家山本有三首先提出廢除注音假名的建議，得到社會的廣泛贊成。其内容是：①廢除注音假名，停止使用較難的漢字；②寫文章要使用任何人都可以讀懂的簡單的文字；③保護眼睛健康，解決注音假名字少給讀者眼睛造成的負擔；④提高印刷能力，取消印刷程序中的繁雜作業。

戰後，隨著"當用漢字"的制定和施行，一般已經不再使用注音假名。然而，由於注音假名的取消，也産生一些弊病，如人們閱讀漢字的能力下降，常常有人把"空地"（あきち）錯讀為"くうち"，把"弱火"（とろび）錯讀為"よわび"，把"他人事"（ひとごと）錯讀為"たにんごと"等。取消注音假名對青少年學習和掌握漢字也很不利。因此，目前有些文章，如青少年讀物中又出現了注音假名，在地名、人名上標注音假名的現象也增多了。

⑷送假名

日語是有形態變化的語言，而漢語沒有。因此，漢字不能表達日語動詞、形容詞、形容動詞中有形態變化的部分。為了解決這個問題，日本人採取了一種方法，即一個詞的表意部分用漢字寫，有詞形變化、表示語法意義的部分用假名寫。如"明るい" "明ける" "明らか" "明かす"，寫成假名的部分就叫"送假名"（おくりがな）。

送假名表示有變化的活用詞詞尾，同時，它還有固定或明確前面漢字讀音、避免誤讀的作用。如"行く"和"行う"，兩詞的漢字雖

然相同，但送假名不同，這樣兩個詞的讀音也就不同了，前者讀為〝いく〞是〝去〞的意思；後者讀為〝おこなう〞是〝做〞的意思。另外，〝断る〞（拒絕）讀為〝ことわる〞，〝断つ〞（斷絕）讀為〝たつ〞；〝教える〞（教授）讀為〝おしえる〞，〝教わる〞（領教）讀為〝おそわる〞等等，區別漢字的讀法，送假名發揮很大作用。由於送假名能區別漢字的讀音，自然也發揮到了區別詞意的作用。另外，送假名還可以區別詞性，如前面的〝明るい、明らか、明ける〞，就是由於送假名的存在，才可以一下子看出〝明るい〞是形容詞，〝明らか〞是形容動詞，〝明ける〞是動詞。同時，通過送假名還可以區別自動詞和他動詞，如〝明ける〞（自動）、〝明かす〞（他動），〝生まれる〞（自動）、〝生む〞（他動）、〝照る〞（自動）、〝照らす〞（他動）等。

　　送假名雖然有以上一些長處，但是確定一個詞中的送假名也很困難，有的詞分不清應該從哪兒開始標做送假名。在明治以前，對於送假名的使用不很重視，用法不一，也不穩定，就是説比較亂。明治以來，由於官方報紙的發行、教材的編寫、印刷量增大等原因，開始意識到了統一送假名的必要性，並進行了探討，做了一些關於送假名使用的規定。

　　現行的送假名使用方案是 1973 年由日本國語審議會制定的。這個方案的基本原則是：①活用詞的詞尾標為送假名；②由於存在派生或對應，為了避免讀錯，可以從活用詞詞尾的前一個音節標為送假名（如照らす、勇ましい等）；③為了便於讀認，沒有活用的詞的最後一個音節可以改為假名書寫（如後ろ、勢い、情け等）。在這個方案中，除以上基本原則外，還有很多例外。看來確定一個科學合理、又便於人們掌握的送假名使用規則是相當不容易的。

4. 羅馬字的傳入、拼寫和使用範圍

(1)羅馬字的傳入

羅馬字即拉丁文字，是現代日語中的音素表音文字。羅馬字於十六世紀傳入日本。出於羅馬字的國際性、及其音素文字的特點，在日本曾經一度興起過羅馬字熱，開設了一些推廣羅馬字的私塾，企圖取代漢字和假名，把羅馬字做為日本文字。但是，由於日語語音結構的特點，以及其它原因，羅馬字最終沒有得到全面的採用，目前在日語中只發揮輔助漢字和假名的作用。

羅馬字最初是在室町時代末期（1549 年）通過基督教傳入日本的。1590 年第一台活版印刷機由意大利巡吏使帶入日本。次年第一部羅馬字文獻由活版印刷在日本發行，接著又陸續印行了羅馬字文的宗教、文學、語言、辭典等書籍，由此羅馬字開始在日本流傳起來。然而，直到江戶時代中期為止，羅馬字在日本並沒得到立足之地。到江戶時代末期，隨著由荷蘭傳到日本的西方學術的影響，部分學者開始意識到羅馬字的作用，並提倡用羅馬字書寫日語。可是大力推行羅馬字還是在明治維新以後。

(2)羅馬字的拼寫

在日本羅馬字的拼寫方法有很多種類，最早是西班牙語式拼寫法，然後是荷蘭語式。在江戶時代末期又出現了德語式和法語式。1868年，美國人黑本出版了一本用英語式羅馬字拼寫法編著的《和英語林集成》，這是日本最早的一本日英辭典。隨著此書的使用，英語式拼寫法的影響不斷擴大，成了〝黑本式〞拼寫法。

明治時期，關於羅馬字的拼寫方法有兩個相互對立的派別：〝黑本式〞和〝日本式〞。1884 年，在外山正一提議下成立的羅馬字會

對〝黑本式〞進行了修改，1905 年成立的羅馬字普及會又做了再次修改，並做為〝標準式〞進行推廣。另一派的〝日本式〞最初是在 1885 年田中館愛橘發表反對〝黑本式〞意見後提出的。田中為推廣〝日本式〞拼寫法，先後組織成立了日本羅馬字社和日本羅馬字會，致力於〝日本式〞的普及運動，長期與〝黑本式〞（標準式）對立。

由於兩種拼寫方法的對立，日本政府於 1930 年成立臨時羅馬字調查會，調查羅馬字在日本的使用情況，目的在於統一拼寫法。經過六年的調查探討，1937 年以內閣訓令的形式公布了〝羅馬字拼寫法〞，這就是所謂的〝訓令式〞。〝訓令式〞實際上以〝日本式〞為基礎，帶有一定〝標準式〞（黑本式）的性格。〝訓令式〞產生以後，由於各有支持和反對者，不但沒達到統一拼寫法的目的，反而形成了〝日本式〞、〝訓令式〞、〝標準式〞三足鼎立的狀態。

第二次世界大戰期間，羅馬字的拼寫問題也被擱置了起來，直到 1947 年，由於日本要在義務教育上實行羅馬字教育，又重新提出了拼寫法的統一問題。從 1948 年開始，通過多次反覆的商討，日本政府於 1954 年 12 月採納國語審議會的建議，重新公布了〝羅馬字的拼寫法〞，並從 1955 年度開始在教育界實施。

這個〝羅馬字拼寫法〞由第一表和第二表兩部分構成。第一表與第一次訓令式大體相同，第二表是與〝訓令式〞不一致的〝日本式〞和〝標準式〞的拼寫方法。實際上也承認了這兩種拼寫方法。〝拼寫法〞的前言這樣寫道：以第一表為原則，然而因國際上以及習慣上的原因在不便改動的情況下也可以使用第二表。為了便於參考，將〝訓令式（第一表）〞和〝日本式・標準式（第二表）〞不同的拼寫方法對照如下：

羅馬字拼寫法

第 1 表

a	i	u	e	o			
ka	ki	ku	ke	ko	kya	kyu	kyo
sa	si	su	se	so	sya	syu	syo
ta	ti	tu	te	to	tya	tyu	tyo
na	ni	nu	ne	no	nya	nyu	nyo
ha	hi	hu	he	ho	hya	hyu	hyo
ma	mi	mu	me	mo	mya	myu	myo
ya	(i)	yu	(e)	yo			
ra	ri	ru	re	ro	rya	ryu	ryo
wa	(i)	(u)	(e)	(o)			
ga	gi	gu	ge	go	gya	gyu	gyo
za	zi	zu	ze	zo	zya	zyu	zyo
da	(zi)	(zu)	de	do	(zya)	(zyu)	(zyo)
ba	bi	bu	be	bo	bya	byu	byo
pa	pi	pu	pe	po	pya	pyu	pyo

第 2 表

sha	shi	shu	sho
		tsu	
cha	chi	chu	cho
		fu	
ja	ji	ju	jo
di	du	dya dyu	dyo
kwa			
gwa			
			wo

日本式		訓令式 （第1表）		標准式	
〃		hun	フン	fu	フン
〃		n	ン	n. m	ン
〃		si	シ	shi	シ
〃		ti	チ	chi	チ
〃		tu	ツ	tsu	ツ
〃		zi	ジ	ji	ジ
〃		sya	シャ	sha	シャ
〃		syu	シュ	shu	シュ
〃		syo	ショ	sho	ショ
〃		tya	チャ	cha	チャ
〃		tyu	チュ	chu	チュ
〃		tyo	チョ	cho	チョ
dya	ヂャ	zya	ジャ	ja	ジャ
dyu	ヂュ	zyu	ジュ	ju	ジュ
dyo	ヂョ	zyo	ジョ	jo	ジョ
kwa	クヮ	ka	カ	〃	
gwa	グヮ	ga	ガ	〃	
di	ヂ	zi	ジ	ji	ジ
du	ヅ	zu	ズ	〃	
wo	ヲ	o	オ	〃	

⑶羅馬字的應用

日本的羅馬字教育從 1947 年開始在小、中學實行，但是由於缺乏實用性和其它原因，教學時數和比重逐漸減少。由於日本人在社會生活中只能看到單個的羅馬字，而看不到羅馬字的文章，沒有讀寫羅馬字的語言環境，並且由於羅馬字教育對中學的英語教育有不利影響

等原因，目前，學校的羅馬字教育只要求能達到讀寫單詞的程度。

　　羅馬字在現代日語中的使用範圍很狹窄，一般用於書寫市鎮村的名字、車站、公路名、公司名和人名。在這些場合大致同漢語拼音的作用相同，多數是與漢字並用，羅馬字只具有注明讀音的作用。另外，近年來日語文章在引用縮略語時，採用羅馬字的現象有所增加，例如：

　　NHK（Nippon Hôsô KyôKai）日本廣播協會

　　JSC（Japan Science Council）日本學術會議

　　M.D.（Medicinae Doctor）醫學博士

　　隨著現代科學的發展，羅馬字的應用範圍有所擴大。如國內外的電報、電傳、商品商標等，都越來越多地採用了羅馬字。

第三節　詞　彙

1. 詞源上的類別

(1)日語詞彙的種類和數量

　　十多世紀以來，在與外國的接觸過程中，日本從外國語言裏不斷地吸收了大量的詞彙，使現代日語的詞彙具備了與其它語言迥然不同的特點。所謂詞彙的種類，在日語中叫"語種"（ごしゅ），是根據不同來源對日語詞彙進行的分類。從詞彙的來源特點上看，現代日語詞彙的構成情況是這樣的：

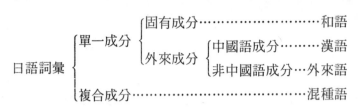

　　"和語"是日語中固有的詞彙，如：やま（山）、かわ（河）、行く（去）、受ける（接受）、赤い（紅色的）、穩やかだ（穩靜）等。"漢語"多指在古代從中國語言中吸收的詞彙，如：岩石、行動、感情、偉大、木、石等。"外來語"主要指從中國以外的語言中吸收的借詞，如：カステラ（蛋糕）、ランプ（煤油燈）、エスカレーター（自動扶梯）、ライター（打火機）等。"混種語"是指由以上三種詞彙中的某兩種結合而構成的詞彙，如：消しゴム（橡皮）、ビル街（大廈街）、特売デー（特銷日）、ペン先き（鋼筆尖）、雨具（雨具）、台所（廚房）等。

　　現代日語的詞彙總共有多少，還不十分清楚。目前收詞較多的辭典是《日本國語大辭典》（小學館），共收詞五十萬條。就較常用的詞彙來說，現在出版的中小型現代日語辭典，一般都收入六～七萬個詞左右。據日本國立國語研究所 1956 年對九十種雜誌的調查，共出現不同詞彙約四萬個，除去人名、地名外，一般詞彙有三萬多。據這次調查統計，日語四種詞彙在數量上占的比例分別是：

　　　和語　　11,134 個（36.7%）

　　　漢語　　14,407 個（47.5%）

　　　外來語　 2,964 個（9.8%）

　　　混種語　 1,826 個（6.0%）

　　　計　　　30,331 個（100%）

另據對明治以來的辭書和報刊等方面的詞彙研究來看，日語中的

漢語和外來語詞彙的比率增長幅度較大，而和語所占的比率減少。漢語詞彙中，在明治初期出現的占絕對數量，構成了現代日語詞彙的重要基礎。外來語詞彙在進入昭和時期後有更明顯的增加，如果對今天的雜誌進行詞彙調查，外來語詞彙所占的比率還要大些。

(2)和語詞彙的特點

與漢語、外來語對比而言，和語實際上是日本的土著語言。所謂土著語言，即是在中國的漢字正式傳入日本以前，日本人一直使用的語言，所以也叫做日本的固有詞彙。當然，其中也包括後來產生的具有這種詞彙特點的新詞彙。

在現代日語中，和語詞彙有不同於其它詞彙的種種特點。首先，它在讀音上都是〝訓讀〞的詞，例如：〝手（て）〞〝足（あし）〞〝見る（み）〞〝美しい（うつく）〞〝静かだ（しず）〞等。這些詞中雖然也使用了漢字，但因為是〝訓讀〞，所以是和語詞彙。相反，如〝選手（せんしゅ）〞〝遠足（えんそく）〞〝拝見（はいけん）〞〝賛美（さんび）〞〝閑静（かんせい）〞等詞雖然也使用了漢字，但由於讀音屬於〝音讀〞，所以不是和語，而是漢語詞彙。也就是說，判斷是不是和語詞彙，不是看它是否用漢字書寫，而是看它是否是〝訓讀〞。是〝訓讀〞的便是和語。

從語音結構上看，和語詞彙的音節數量少。除去接辭和活用詞尾外，多數詞的詞根都是由一個或兩個音節構成的。如名詞的〝め（目）〞〝まゆ（眉）〞〝はな（鼻）〞〝みみ（耳）〞〝くち（口）〞〝は（歯）〞〝ほお（頬）〞；動詞的〝みる（見）〞〝あるく（歩）〞〝きく（聞）〞〝でる（出）〞〝あう（会）〞等都是如此。由於音節少，容易產生同意詞，詞意也容易混同。因此，和語中本來音節過少的詞，漸漸地增加了音節。例如：〝粉（こ）→こな〞、〝蚕（こ）

→かいこ"、"枝（え）→えだ"、"水（み）→みず"等。目前
，和語中甚至有"勢い（いきお）""快い（こころよ）""承る
（うけたまわ）"這樣音節很多的詞，但數量並不多。

　　另外，和語詞彙在語音上還有如下特點：①很少有以元音開頭的
單音節詞；②沒有以ラ行音節開頭的詞；③除個別詞外（どろ、じゃ
り），一般很少有以濁音開頭的詞；④詞中基本上不存在兩個元音連
續出現的現象。

　　和語詞彙中表示自然環境、風貌的詞和表示人的感情的詞比較豐
富，語感幽雅，較多地使用於日本傳統的和歌、俳句以及小說等文學
作品。但是缺乏準確性、具體性和簡潔性。

(3)漢語詞彙的特點

　　漢語詞彙主要指從漢語中吸收的中國語詞彙。從來源上看，漢語
詞彙本來也是外來語。但是由於漢語詞彙傳入日本的時期較早，使用
廣泛，很多漢字的發音已經融會成日語式的發音，以及由漢字產生的
詞彙在日本不斷出現等原因，一般不把它做為外來語來看。但它又有
不同於和語詞彙的特點，所以取名為漢語詞彙。

　　漢語詞彙可以全部用漢字寫，並且是"音讀"的詞。例如：茶
（ちゃ）、棒（ぼう）、大豆（だいず）、学校（がっこう）、散步
（さんぽ）、有名（ゆうめい）、一層（いっそう）、自分（じぶん）
等。根據這個概念，有些近代從中國語中借用的詞，如：ギョーザ
（餃子）、シューマイ（燒賣）、マージャン（麻將）、ハオハオ
（好好）、シェシェ（謝謝）、メンツ（面子）、クーニャン（姑娘）
等，由於一般不用漢字寫，並且也不屬於傳統的日語音讀，所以一般
不認為是漢語詞彙。同時，也有一些詞雖不是直接來自於中國語，但
是用漢字寫，並還是音讀，這樣的詞也屬於漢語詞彙。這類詞有：①

在日本把漢字拼湊在一起，並採用音讀的所謂〝日制漢語〞。例如：返事（へんじ）、見物（けんぶつ）、出張（しゅっちょう）、物騒（ぶっそう）、大根（だいこん）等；②用漢字翻譯歐洲語言時產生的所謂翻譯式漢語。例如：写実（しゃじつ）、意匠（いしょう）、弁証法（べんしょうほう）、哲学（てつがく）、物質（ぶっしつ）、抽象（ちゅうしょう）、伝統（でんとう）、現実（げんじつ）、特務（とくむ）、情報（じようほう）、克服（こくふく）、淋巴（りんば）、癌（がん）等。

漢字是表意文字，它的造詞能力很強，這是日語中漢語詞彙量較多的主要原因之一。在現代日語中，漢語詞彙有莊重、涵意高深的語感，並且表達簡潔。因此，在一般科學性、政論性文章中，以及公文或講演中較多使用漢語詞彙，而在日常生活中、一般娛樂、趣味性文章中使用得較少。從性別上看，男性較多使用漢語詞彙，女性使用得較少。另外，由於場合不同，使用的漢語數量也不一樣，一般在比較莊重的場合多使用漢語詞彙。漢語詞彙的不足之處是同音異義詞過多，類義詞過多，意思難理解的詞多。

⑷外來語詞彙的特點

外來語在日語中也稱為〝洋語〞，主要指從西方語言中吸收來的外語詞彙。

大約從公元後開始，朝鮮語、東南亞諸語言、阿伊努語、梵語的一些詞彙也傳進了日語，有些目前仍在廣泛使用。如來自朝鮮語的有：テラ（寺）、カブト（冑）、トラ（虎）、ミソ（味噌）；來自東南亞諸語言的有：キセル（煙管）、ジャガタラいも（馬鈴薯）、ラオ（羅宇）；來自梵語的有：カワラ（瓦）、ハチ（管）、ダルマ（達摩）、シャカ（釋迦）；來自阿伊努語的有：アッシ（厚司）、サケ

（鮭）、エゾ（蝦夷）、トド（椴）等。這些詞雖然來自於外族語言，但進入日語的時間比較早，同漢語詞彙一樣，一般不認為是外來語。

　　現代日語中的外來語詞彙多指室町時代，即十六世紀以來傳進來的外國語詞彙。但是，早期傳進來的カッパ（合羽）、ジバン（襦袢）、ラシャ（羅紗）、タバコ（煙草）、カボチャ（南瓜）等詞，由於使用了漢字，一般已不作為外來語看待。與此相反，近代來自中國語的コウリャン（高粱）、ラオチュー（老酒）、ロートル（老頭兒）、パオズ（包子）、メンツ（面子）等由於採用的是現代中國語的音譯，一般作為外來語看待。

　　外來語也包含日本人創造的〝日式外來語〞，如アパート、ビル、カレーライス、マイカー、ガードマン、オートバイ、テーブルスピーチ等，這樣的詞都是日本人省略原詞的某一部分，或將原詞更新組合創造的，或改變原義使用的詞。

　　在明治二十年代以前，很多外來語都是借用漢字書寫的，也有用片假名或平假名書寫的。在現代日語中，一律用片假名書寫。近年來由於受外國科學技術和文化方面的影響，外來語不斷增加，特別是青年人，認為外來語有現代色彩，新鮮時髦，很喜歡使用。另外服務行業也很喜歡使用外來語，造成了現在的外來語泛濫的現象。

(5)混種語的特點

　　混種語是由和語、漢語、外來語三種來源不同的詞相互結合構成的詞彙，因此也是一種複合詞彙。混種語有如下幾種形式：

　　①和語與外來語的結合

　　厚シャツ（厚襯衣）、生ビール（生啤酒）、消しゴム（橡皮）

　　②漢語與外來語的結合

特売デー（特銷日）、紺サージ（藏青嗶億）、蒸気タービン
（蒸氣渦輪機）

③外來語與和語的結合

ガラス窓（玻璃窗）、スタンプ手形（優待票據）、ドル箱（金
庫）

④外來語與漢語的結合

ビル街（大廈街）、アルコール中毒（酒精中毒）、トロール
船（拖網漁船）

⑤漢語與和語的結合

本屋（書店）、台所（廚房）、客間（客廳）

⑥和語與漢語的結合

見本（樣品）、夕刊（晚報）、荷物（行李）

在日語中把⑤叫做〝重箱読〞，⑥叫做〝湯桶読〞，這兩種形
式的複合詞在混種語中占的比重最大。

日語的活用詞詞尾屬於和語成分，它們接在漢語、外來語詞彙後
也構成了一些混種詞。例如，構成的混種動詞有：力む、牛耳る、
皮肉る、サボる；構成的混種形容詞有：非道い、四角い、騒々しい
、ナウい；構成的混種形容動詞有：偉大だ、丈夫だ、シックだ、
スピーディだ等等。

混種語是一種複合詞，所以與和語詞彙比較起來，音節一般都多
一些，詞形也長一些。

2. 詞義上的類別

(1)多義詞

每個詞都有一定的意義。根據詞義的多少我們可以把詞分為單義

詞和多義詞兩大類。一個詞只有一個意義的叫單義詞。如："机"、"本"、"赤い"、"歩く"等。由於詞義的單一性，這類詞在各種場合出現都不會出現異義。

　　日語中還有很多詞，具有兩種以上的意義。例如：

あがる

　　①階段をあがる。（上）

　　②大勢の手があがった。（舉）

　　③学校へあがる。（上・升）

　　④生産があがる。（提高）

　　⑤ねだんがあがる。（上漲）

　　⑥犯人があがる。（暴露）

　　⑦ご飯をあがる。（吃）

　　⑧てんぷらがあがる。（膨脹）

　　⑨試験場であがってしまう。（緊張）

　　這種一個詞包含多種不同意義的詞叫多義詞。多義詞的幾個意義雖然不同，但彼此之間互有聯繫。在應用上，其中必有一個是最基本、最常用的。這個意義叫基本義（如①），其它意義都是從基本義轉化發展而來的，所以叫引申義。

　　日語常用的基本詞彙中，有很多多義詞。辨別多義詞的各種意義不能離開具體的語言環境。一個詞孤立地看可能是多義詞，但在具體語言環境中，它的意義總是確定的、單一的。也就是説，一個詞在一種場合中只能表現出它的一種意義，因此，可以根據上下文來確定一個詞的確切意義。例如：

伸びる

　　⑴背がのびる。（長）

②成績がのびる。（提高）

③リングの上でのびている。（倒下）

一番
_{いちばん}

①数学はいちばんだ。（第一）

②いちばんほしいのはカメラだ。（最）

③いちばんお相手を願います。（一局）

多義詞的各種詞義之間有客觀的必然關聯。如果認眞地從其關聯中去理解多義詞的詞義，就會加強對語言的理解和感受，提高用詞能力。

(2)同義詞

語言裏，詞形、語音不同而意義相同或相近的詞叫同義詞。例如〝父〞、〝父親〞和〝お父さん〞，〝あした〞、〝あす〞和〝明日〞這兩組詞中，各個詞的基本意義完全一樣；〝車〞和〝自動車〞，〝うまい〞和〝おいしい〞、〝うまい〞和〝上手だ〞這兩組詞中的各詞之間的意義相近。以上兩類詞都叫同義詞，也叫〝類義詞〞。

一個詞的詞義與另一個詞的詞義完全相同的現象原則上在語言中是很少見的。即使新產生了純粹意義上的同義詞，二者也不能長期共存，必然有一方消失，或產生詞義上的分化。並且，即使詞的客觀意義相同，在某一方面大多也存在差別。例如書面語同口語的差別（〝祖父〞和〝おじいさん〞、〝寂静〞和〝静かだ〞）；標準話和方言的差別（〝きのこ〞、〝たけ〞和〝なば〞）；詞的種類上的差別（〝手洗い〞、〝便所〞和〝トイレ〞）；使用對象的差別（〝言う〞、〝申しあげる〞和〝おっしゃる〞）；成人語同兒童語的差別（〝小便〞和〝おしっこ〞，〝足〞和〝あんよ〞）等等。

日語中的同義詞很多，詞義上的相互關係也較為複雜。一般地可

以把同義詞按詞義關係整理為以下四種：

①雙方詞義基本相吻合的詞：

くさる——腐敗する　　来年——明年

②一方之中包含另一方：

豆——大豆　　くるま——自動車

木——木材　　うまい——おいしい

③在某一方面意義相吻合：

家——うち　　車庫——ガレージ

近づく——近よる　　きれいだ——うつくしい

④雙方在意義上處於鄰接關係：

貯金——預金　　軽震——弱震

生徒——学生　　森——林

在以上四類中，①中的詞義相同，一般可以替換使用，但有書面語和口語的差別；②中的前者一般可以代替後者，但不能互換使用。因為意義和使用範圍差別較大，如果把〝木材〞說成〝木〞，或把〝自動車〞說成〝くるま〞意思往往不明確。為此，隱語或忌語常常利用這一特點，把〝堕胎する〞說成〝落とす〞、把〝月經〞說成〝生理〞，以不使語義過於露骨；③裏面的詞，因為其中的一個往往是多義詞，它們只在一種意義上一致，所以只能在用法一致的時候才能互換，例如〝バラがきれいだ〞、〝バラがうつくしい〞中的〝きれいだ〞和〝うつくしい〞意義一致，可以替換，但〝きれいに掃除しておけ〞中的〝きれい〞就不能用〝美しい〞替換了，因為〝うつくしい〞沒有〝乾淨〞的意思；④做為同義詞是比較特殊的一類，它們之間只是詞義有所關聯，領域並不相同，因此也就不能互換使用。

除詞義之外，同義詞還有語感上的差別。例如（與括弧裏的比較）

：

①有過時感

活動写真（映画）　　乗合自動車（バス）　　　所帯（家庭）

②有新鮮感

キッチン（台所）、ショッピング（買物）、クッキング（料理）

③有莊重感

定める（決める）、火災（火事）、明年（来年）

④有幽雅感

まなこ（目）、あゆむ（歩く）、いこう（休む）

⑤有庸俗感

めし（ごはん）、くう（食べる）、つら（顔）

⑥有厭惡感

あま（女）、ほざく（言う）、くたばる（死ぬ）

⑦有忌諱感

かたわ（身體障害者）、女中（お手伝いさん）、強姦（暴行）

　　語言中存在大量的同義詞是詞彙豐富、詞義精密的一種表現。善於辨析同義詞，可以區別客觀事物或思想感情的細微差別，並可以正確地理解文章或談話的內容。掌握大量的同義詞，可以茄助我們克服用詞不當或詞不達意的毛病，進而使思想的表達更加細膩，使語言更加豐富、確切、生動。同義詞可以從詞義表示的程度和適用範圍、以及從感情色彩、風格色彩等方面去分析，從而掌握其內部規律、及意義和用法上的細微差別。

　(3)反義詞

　　意義相反或相對的詞叫反義詞。例如〝上・下〞、〝左・右〞、〝表・裏〞、〝長い・短い〞等，它們是客觀事物中各種矛盾對立現

象在詞彙中的反映。在日語中也叫做〝反對語〞、〝對義語〞。

　　日語的反義詞一般可分為以下三個種類：

　　①男—女、表—裏、生きる—死ぬ、親—子

　　②高—低、善—悪、大きい—小さい、長い—短い、

　　　單純だ—復雜だ

　　③貸す—借りる、売る—買う、行く—来る、教える—習う

　　其中①中的兩項完全處於互相對立的關係之中，一方的反面必然是對方，二者的關係是絕對的，這一類是典型的反義詞；②中的兩項的關係是以某一基準為界成立，即由一個基準產生的兩個極端，它們的關係是比較而言的，是相對的。這類反義詞多為形容詞、形容動詞；③中的兩項是由不同的方向產生的反義關係，如〝貸す〞和〝借りる〞是授受方向的不同，〝行く〞和〝来る〞是移動方向的不同。這類反義詞以動詞為主。

　　一般地説，一個詞可能有幾個不同的意義，因此，根據用法不同，一個詞也可能有幾個不同的反義詞。如〝美しい〞的反義詞有〝みにくい〞和〝きたない〞，〝高い〞的反義詞有〝低い〞和〝安い〞，〝子ども〞的反義詞有〝親〞和〝大人〞等等。另外，由於比較的角度不同，一個詞的對方有時是不固定的。如〝兄・弟・姉・妹〞這一組，如果以年齡為基準，〝兄・弟〞和〝姉・妹〞分別是反義詞，如果從性別上看，〝兄・姉〞〝弟・妹〞則分別是反義詞。因此，反義詞的結構也是很複雜的。

　　一般來説，絕大多數反義詞都是在同一詞性內部形成的，如名詞和名詞，動詞和動詞等。但也有例外，如〝ある〞和〝ない〞，一方是動詞，一方是形容詞，這樣跨詞類形成的反義詞很少。另外，有些詞或説法也可以構成相對或相反的概念，如〝多い——多くない〞、

〝あける――あけない〞、〝少ない――多くない〞等，但後者却不是一個詞，而是詞組，所以它們構不成反義關係。

反義詞和同義詞一樣，表現了語言詞彙的豐富多彩，正確地掌握和運用反義詞，會使語言表達生動活潑，給人以鮮明、深刻的印象。

(4)同音詞

語言中發音相同而意義不同的詞叫做同音詞。例如〝科学〞和〝化学〞、〝市立〞和〝私立〞屬日語中的漢語詞彙；〝髪〞和〝紙〞、〝塩〞和〝潮〞屬於日語中的和語詞彙。同音詞之間由於詞義不同，所以也叫做〝同音異義詞〞。

前面已經講到，日語的音節種類和數量都比較少，結構簡單，這樣就容易產生大量的同音詞。日語的同音詞很多，據國立國語研究所報告≪同音詞的研究≫來看，日語中共有 7,803 組同音詞。每組同音詞中，少則是同音二義，多則有幾種乃至幾十種意義。如發音為〝こうしょう〞的詞，就多達二十幾個。在日語的同音詞中，漢語詞彙占的比重比較大，主要產生於不同漢字的相同音讀。與漢語詞彙相比，和語詞彙的同音詞相對少一些。

語言詞彙是表達客觀事物的，而客觀事物是錯綜複雜而又不斷發展變化的。為了滿足表達客觀事物的需要，人們要不斷地創造一些新詞，這樣便不可避免地產生同音詞。同音詞的出現，對語言交流產生一定的妨礙作用，因此需要對同音詞進行研究，掌握辨別他們的規律。

從如何辨別的角度上看，日語的同音詞有以下幾種特點：

①聲調、詞類完全相同。例如前面講到的〝科学〞和〝化学〞、〝髪〞和〝紙〞等。為了避免誤解或費解，講話時可以採用加以說明改變説法的方式處理這類詞。例如把〝科学〞解釋為〝サイエンスの

カガク〞，或把〝化学〞説成〝バケガクのカガク〞就區別開了。

　②雖然發音相同，但聲調不同。例如〝訳書〞和〝役所〞都發音為〝ヤクショ〞，但前者的聲調是〝ヤ̇クショ〞，後者是〝ヤクショ̇〞。〝飼う〞是〝カ̇ウ〞，〝買う〞是〝カウ̇〞。只要正確掌握聲調，一般都可以區別開。這樣的詞還有：中止・注視（ちゅうし）、正文・成分（せいぶん）、市立・私立（しりつ）、大地・台地（だいち）、吐き出す・掃き出す（はきだす）、橋・箸（はし）、晴れる・腫れる（はれる）等等。

　③詞性不同。例如〝強行〞（きょうこう）（サ變動詞）和〝強硬〞（形容動詞）、〝性格〞（せいかく）（名詞）和〝正確〞（せいかく）（形容動詞）、〝整然〞（せいぜん）（副詞）和〝生前〞（名詞）等等。由於詞性不同，在句子中與其它詞的結合形式就不同，據此可以分辨詞義。

　④使用場合不同。同音異義詞的使用場合大多是不同的，根據使用場合（即文脈）可以區別不同的詞義。例如：

切手をシューシューする（收集）
混乱をシューシェーする（收拾）
会社のキコウが変わった（機構）
今日は庁舎のキコウ式だ（起工）
大学でコーギする（講義）
大学にコーギする（抗議）

　⑤同音詞中有一部分是詞義相近的，例如：辞典〞（じてん）和〝事典〞、〝生長〞（せいちょう）和〝成長〞、〝狩人〞（かりゅうど）和〝漁師〞、〝暑い〞（あつい）和〝熱い〞、〝泣き声〞（なきごえ）和〝鳴き声〞等等。這些詞也叫做〝同音類義詞〞。由於詞義相近，聽起來有時意思把握不準，但一般不會從根本上妨礙語言交流。在文章中，要嚴格區別開，不然會造成詞義的混亂。如〝国

語辞典〞和〝百科事典〞、〝朝顔の生長〞和〝子供の成長〞、〝天気が暑い〞和〝風呂が熱い〞都不能替換使用。

(5)同形詞

同形詞也叫做〝同形異義詞〞，指一些文字相同而發音和意思不同的詞（主要限於用漢字書寫的詞）。例如〝人気〞一詞，在〝人気番組〞中讀音為〝ニンキ〞，在〝人気のない村〞中讀音為〝ヒトケ〞，在〝人気の悪い土地柄〞中讀音為〝ジンキ〞。當然它在各種場合的意思也完全不同，前者的意思是〝受歡迎〞、中間的意思是〝人煙〞，而後者的意思是〝風氣〞。

同形詞與同音詞一樣，常常有礙語言交流。但不同的是，同音詞如〝科学・化学〞，聽起來雖然不容易區別，但一旦用漢字寫出來，意思是非常明確的。同形詞是聽起來意思明確，而用漢字寫出來時容易產生誤解。

區別同形詞詞義的主要方法是依靠句子的前後關係來確定，同時要根據意思確定讀音。例如：

大家

①日本画の大家（タイカ）。（權威者）

②大家（タイケ）の箱入娘。（富貴之家）

③長屋の大家（オオヤ）さん。（房東）

末期

①末期（マッキ）的症状。（末期）

②末期（マツゴ）の水。（臨終）

上手

①一枚、上手（ウワテ）だ。（高明）

②上手（ジョウズ）に歌う。（好）

③川の上手（カミテ）の村。（上游）

生物

①生物（ナマモノ）は早く食べろ。（生食物）

②生物（セイブツ）の授業。（生物）

以上的例子都是同形、異音異義，是典型的同形詞。除此之外，同形詞還有以下幾種情況：

①同形異音同義。例如〝日本〞有〝ニホン〞和〝ニッポン〞兩種讀音；〝博士〞也有〝ハクシ〞和〝ハカセ〞兩種讀音。雖然讀音不同，但詞義是相同的。還有〝工場〞（コウジョウ・コオバ）、〝初産〞（ショサン・ウイザン）、〝白髪〞（ハクハツ・シラガ）、〝市場〞（シジョウ・イチバ）、〝梅雨〞（バイウ・ツユ）、〝南風〞（ナンプウ・ミナミカゼ）等，詞意也相同，但是詞義的範圍或語感却有些區別。如〝工場〞讀為〝コオバ〞時，多指手工業或街道小工廠；而讀為〝コウジョウ〞時，含義要大些，多指現代的大工廠。

②用漢字寫不是同形詞，用假名寫是同形詞。例如：

会う・遭う・合う→あう

早い・速い→はやい

変える・代える・替える・換える→かえる

取る・採る・捕る・執る→とる

這類詞的詞義相近，一般都可以用假名寫。

③詞形部分相同，讀音和詞義不同。例如：〝通る（トオル）和〝通う〞（カヨウ），〝行く〞（イク）和〝行う〞（オコナウ），〝断つ〞（タツ）和〝断る〞（コトワル）等。這類詞的基本形較易區別，但在發生詞形變化後，往往容易混同。如〝通って〞、〝行って〞、〝断って〞等。

第四節　語　法

1. 詞類

(1)詞的分類

在語言中，詞（單詞）是具有某種完整意思的最小的語言單位。詞與詞的結合構成句節（文節），句節之間以某種關係的結合構成句子。

根據詞的語法性質，即詞形特點及在句子中的作用，可以分為動詞、形容詞、形容動詞、名詞、連體詞、副詞、接續詞、感嘆詞、助詞、助動詞等十類。這些由語法的特點劃分出的部類，叫做詞類（品詞）。在句子中，可以單獨構成句節並位於句節前部的詞叫做自立詞；不能單獨構成句節、需要附在自立詞後一起構成句子成分的詞叫附屬詞。因此，日語的詞類劃分可表示為：

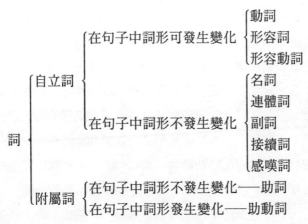

(2)動詞

動詞是表示人或事物的動作、作用和存在的詞。其特點是：①詞尾一律為ゥ段音節，可以活用；②可單獨構成句節，在句子中做謂語或連體修飾語；③後接附屬詞可做連用修飾語；④其連用形可轉為名詞使用。

動詞根據詞尾的變化（即活用）分為：五段活用、一段活用、カ行變格活用和サ行變格活用動詞四種。

五段活用動詞，如：行く、漕ぐ、押す、打つ、死ぬ、飛ぶ、読む、売る、買う等，詞尾都分布在カ、ガ、サ、タ、ナ、バ、マ、ラ、ワ（ア）九行上，並且詞尾的前一個音節是イ段和エ段以外的假名。這類動詞的終止形和連體形，假定形和命令形的形體相同。

一段活用動詞，如：起きる、見る、受ける、寝る等，以〝る〞結尾，並且詞尾〝る〞前面的音節是イ段或エ段假名。這類動詞的未然形和連用形，終止形和連體形的形體相同，命令形有〝ろ〞和〝よ〞兩種形式。

カ行變格活用動詞只有〝来る〞一個，詞幹和詞尾不分，終止形和連體形的形態相同；サ行變格活用動詞也只有〝する〞一個，但可接在其它詞後構成很多複合動詞。例如：おともする、運動する、スケッチする、旅する、愛する、重んずる、禁ずる。這類動詞的未然形有〝せ〞〝し〞〝さ〞三種形式。終止形和連體形的形態相同，命令形有〝せよ〞和〝しろ〞兩種形式，詞幹和詞尾不分。

五段活用動詞在後接助動詞〝た（だ）〞、助詞〝て（で）〞〝たり（だり）〞時，發生〝音變〞。音變也是連用形的一種，有三種形式。カ行、ガ行五段活用動詞為〝イ音變〞，例如：書く→書いて、泳ぐ→泳いだ等。タ行、ラ行、ワ行五段活用動詞為〝促音變〞，例

動詞活用表

活用種類	基本形	詞幹	未然形	連用形	終止形	連體形	假定形	命令形
五段活用	行く 話す	い はな	いか はなさ	いき はなし	いく はなす	いく はなす	いけ はなせ	いけ はなせ
一段活用	起きる 見る	おき み	おき み	おき み	おきる みる	おきる みる	おきれ みれ	おきろ おきよ みろ みよ
カ行變格	来る		こ	き	くる	くる	くれ	こい
サ行變格	する		せ し さ	し	する	する	すれ	しろ せよ

如：勝つ→勝って、取る→取って、笑う→笑った等。ナ行、バ行、マ行五段活用動詞為〝撥音變〞，例如：死ぬ→死んで、飛ぶ→飛んだり、踏む→踏んだ等。

　　動詞一般還分為自動詞和他動詞，前者即是不及物動詞，後者是及物動詞。

　⑶形容詞

　　形容詞是表示人或事物的性質和狀態的詞。其特點是：①以〝い〞結尾，可以變化；②可單獨構成句節，在句中做謂語、修飾語等。

形容詞活用表

基本形	詞幹	未然形	連用形	終止形	連體形	假定形	命令形
高い	たか	ーかろ	ーかっ ーく	ーい	ーい	ーけれ	○
正しい	ただし						

形容詞後接〝ございます〞、〝存じます〞時，詞尾發生音變（有時詞幹的一部分也同時變化），叫做形容詞的音變。例如：広い→広う、寒い→寒う、暑い→暑う、早い→はよう、高い→たこう、おめでたい→おめでとう、大きい→おおきゅう、美しい→うつくしゅう、かわいい→かわゆう等。

(4)形容動詞

　　與形容詞一樣，形容動詞也是表示人或事物的性質和狀態的詞。與形容詞不同的特點是：①以〝だ〞結尾；②終止形和連體形的形態不同；③假定形後不加〝ば〞也可表示假定。

形容動詞活用表

基本形	詞幹	未然形	連用形	終止形	連體形	假定形	命令形
静かだ	静か	ーだろ	ーだっ ーで ーに	ーだ	ーな	ーなら	○
すなおだ	すなお						

　　動詞、形容詞、形容動詞加在一起也統稱為〝用言〞。用言中，有的詞在句子裏有只起補助作用的用法，有這種用法的詞叫補助用言，補助用言的絕大多數是動詞，有少量形容詞，沒有形容動詞。注意下列劃線部分：

　　△花が咲いている。
　　△ちょっと行ってくる。
　　△ためしに行ってみる。
　　△話だけ聞いておく。
　　△本を読んでしまう。

△本を買ってもらう。

△本を読んであげる。

△悪口を言うということはよくない。

△お返しいたします。

△よろしく願いあげます。

△これを持っていってほしい。

△この花は美しくない。

⑸名詞

名詞中包括名詞、數詞和代詞，也叫做體言。總的特點是：①是自立詞，詞形不發生變化；②與附屬詞一起（或單獨）構成句節，在句子中可做主語、謂語、修飾語等。

名詞是表示人或事物名稱的詞；如：富士山、太平洋、山口県、野口英世（以上為固有名詞）、山、海、時間、バス、図書館（以上為普通名詞）等。在名詞中，意思抽象、一般只起語法作用的叫做〝形式名詞〞，有もの、こと、の、ところ、ほう、はず、わけ、つもり等，在句子中常需要與連體修飾語一起使用。

數詞表示數量、順序等。例如：一、二つ、二人、四本、五号、第六番、七番目等。代詞是間接地表示事物、人、場所、方位的詞，分為人稱代詞和指示代詞兩種，可用圖表示為：

代詞一覧表

自稱	對稱	他　　　稱					
		近　稱	中　稱	遠　稱	不定稱		
わたくし わたし ぼく	あなた おまえ きみ	このかた	そのかた	あのかた かれ かのじょ	どのかた どなに だれ	人稱代詞	指示代詞
		これ	それ	あれ	どれ	事　物	
		ここ	そこ	あそこ	どこ	場　所	
		こちら こっち	そちら そっち	あちら あっち	どちら どっち	方　位	

(6)副詞

　　副詞是自立詞，詞形不發生變化。在句子中，可以單獨構成句節，主要用於修飾用言，不能做主語。副詞的數量很多，從含義和職能上大致可分為：情態副詞、程度副詞、陳述副詞三種。

　　情態副詞：おおむね、ただちに、かつて、たびたび、もっぱら、わざわざ等。

　　程度副詞：かなり、たいへん、もっと、もっとも、ずっと、だいぶ等。

　　陳述副詞：あえて、断じて、たとえ、まさに、まるで、ちっとも、必ず、まさか等。

　　其中程度副詞還可以修飾副詞（如：もっとゆっくり読め、ずっとはっきり見える等）和部分名詞（如：もっと右、ずっと昔、すこし前等）陳述副詞一般都有其特定的呼應形式，如：断じて許せない

、まさか降るまい、まるで雪のようだ等等。

(7)連體詞

連體詞與副詞一樣，是自立詞，詞形不發生變化。在句子中可以單獨構成句節，修飾體言，不能做主語、謂語等。連體詞的大多數是由其他詞類轉化而來的，其數量很少，常見的有：

この、その、あの、どの

ある、あらゆる、いわゆる、わが

とんだ、たいした、たった、ほんの

大きな、小さな、いろんな

(8)接續詞

接續詞是自立詞，沒有詞形變化。介於單詞、句節、句子之間，或段落之前，起承前啓後的接續作用，在句子中單獨構成獨立語句節，不能成為主語、謂語等其它成分。

根據接續上的意義和作用，接續詞可以分為以下幾類：

①表示並列：また、あるいは、および、並びに

②表示添加：つぎに、なお、それに、そして、また、それから、さらに

③表示選擇：または、あるいは、それとも、もしくは

④表示條件：それで、そこで、だから、それゆえ、したがって、すると、だが、けれども、が、しかし、でも、ところが、ただし

接續詞中也有很多是從其它詞類轉化來的。因此，要注意區分作為原詞和作為接續詞使用的區別。

(9)感嘆詞

感嘆詞是自立詞，沒有詞形變化，表示喜怒哀樂情感或呼應等。感嘆詞獨立性很強，居於句首，單獨構成獨立語句節。常常可以自己

構成一個句子。

感嘆詞從意思上可以分為：

①表示感嘆的：あ、あら、まあ、わあ、おや、ああ、ほう等

②表示招呼、勸誘的：おい、もしもし、よう、ねえ、さあ、こら等

③表示應答的：はい、ええ、はあ、うん、いいえ、いや等

④表示號子、吆喝的：ほれ、どっこいしょ等

⑽助詞

助詞是附屬詞中沒有詞形變化的詞，他接在體言、用言等詞後一起構成句節，表示句節與句節之間的關係，增添某種含義等。

關於助詞的分類，有幾種不同的分法。目前，學校語法把其分為格助詞、接續助詞、副助詞、終助詞等四類。

格助詞主要接在體言後，表示所接的詞與句中其他詞之間的關係。格助詞除“の”外不能重疊使用。格助詞有：が、の、に、を、へ、と、から、より、で、まで十個。

接續助詞接在用言或助動詞後，表示接續關係，作用與接續詞相同。接續助詞有：ば、と、ても（でも）、けれど（も）、が、のに、ので、から、て（で）、ながら、し、たり（だり）等十二個。

副助詞可以接各種詞後，增添某種意思，限定後面的用言或謂語的內容，可以重疊使用。副助詞有：は、も、こそ、さえ、でも、しか、まで、ばかり、だけ、ほど、くらい（ぐらい）、など、なり、やら、か等十五個。

終助詞可接在各種詞後，表示感嘆、疑問、強調等語氣，這一點與感嘆詞較相似。終助詞主要出現於句尾，有時也出現於句子中間。終助詞有：か、な、ぞ、とも、よ、ね、さ、わ、ぜ、の、もの、こ

と等。

助詞接續表

詞類／種類	體言	用言 及 助 動 詞 的					
		未然形	連用形	終止形	連體形	假定形	命令形
格助詞	が、の、に、を、へ、と、から、より、まで、で						
接續助詞			ても、て、たり、ながら（接動）	と、けれども、が、のに、から、し、ながら（接形）	ので、のに	ば	
副助詞	は、も、こそ、さえ、でも、しか、まで、ばかり、だけ、ほど、くらい、など、なり、やら、か		は、も、さえ、でも、	なり、やら、か	ばかり、だけ、ほど、ぐらい		
終助詞				か、な、ぞ、とも、よ、ね、さ、わ、ぜ、の、もの、こと			

⑴助動詞

助動詞是附屬詞中有詞形變化的詞，須接在自立詞後，增添其表現內容，表示說話人的各種判斷和意向。不能單獨構成句節做句子成分。原則上，助動詞可以活用，但有的詞活用規則不完整。

助動詞可以從語法含義上、形態活用上和接續上進行分類，說明其不同特點。

根據助動詞在句子中的語法含義，可以分為：

被動助動詞：れる、られる

尊敬助動詞：れる、られる

可能助動詞：れる、られる

自發助動詞：れる、られる

使役助動詞：せる、させる

斷定助動詞：だ、（です）

否定助動詞：ない、ぬ（ん）

過去・完了助動詞：た（だ）

推量助動詞：う、よう、らしい、まい

希望助動詞：たい、たがる

比況助動詞：ようだ

樣態助動詞：そうだ

傳聞助動詞：そうだ

敬體助動詞：ます、です

從形態活用上，助動詞可以分為：

動詞型：れる、られる、せる、させる、たがる

形容詞型：ない、たい、らしい

形容動詞型：ようだ、そうだ、だ

特殊型：ます、です、た、ぬ

無變化型：う、よう、まい

從接續關係上，助動詞可以分為：

接未然形後的：れる、られる、せる、させる、ない、ぬ（ん）、う、よう、まい（接五段以外的動詞）

接連用形後的：たい、そうだ（樣態）、ます、た

接終止形後的：らしい、そうだ（傳聞）、まい（接五段動詞）

接連體形後的：ようだ

接形容詞、形容動詞詞幹後的：そうだ（樣態）

接體言後的：らしい、だ、です

助動詞活用形一覧表

詞例＼活用形	未然形	連用形	終止形	連體形	假定形	命令形	意　義
ない	なかろ	なかっ なく	ない	ない	なけれ	○	否定
ぬ	○	ず	ぬ（ん）	ぬ（ん）	ね	○	
う	○	○	う	う	○	○	意志　推量
よう	○	○	よう	よう	○	○	
れる られる	れ られ	れ られ	れる られる	れる られる	れれ られれ	れろ られろ	被動
れる られる	れ られ	れ られ	れる られる	れる られる	れれ られれ	○ ○	自發・可能・尊敬
せる させる	せ させ	せ させ	せる させる	せる させる	せれ させれ	せろ させろ	使役
た	たろ	○	た	た	たら	○	過去・完了

ます	ましょ ませ	まし	ます	ます	ますれ	まし ませ	敬體
たい	たかろ	たかっ たく	たい	たい	たけれ	○	希望
まい	○	○	まい	まい	○	○	否定推量
だ	だろ	だっ で	だ	(な)	なら	○	斷定
です	でしょ	でし	です	(です)	○	○	
ようだ	ようだろ	ようだっ ようで ように	ようだ	ような	ようなら	○	比況
そうだ	そうだろ	そうだっ そうで そうに	そうだ	そうな	そうなら	○	樣態
そうだ	○	そうで	そうだ	○	○	○	傳聞
らしい	○	らしかっ らしく	らしい	らしい	らしけれ	○	推量
たがる	たがろ	たがっ たがり	たがる	たがる	たがれ	○	希望

2. 句節

(1)句節

　　日語單詞一般不能直接構成句子成分，需要首先構成句節。句節在句法上是介於句子和單詞之間的一個概念，是直接構成句子的語言單位。即句子是句節的連續體，單詞是構成句節的要素。

　　從結構上看，句節可以由一個單詞構成，也可以由兩個以上的單詞構成。可以單獨構成句節的單詞都是自立詞，而由兩個以上單詞構成的句節中，必須含自立詞和附屬詞，例如：村は　米の　ほかに、

酪農・養鶏・そ菜作り・養蚕といろいろ　行われて　います。一個句節中，不能沒有自立詞，但也不能有兩個自立詞。在有兩個單詞以上的句節中，自立詞必須位於附屬詞之前。

　　從讀音上看，句節必須是一個語音的整體，讀起來不能中斷，也不能分開與另一個句節讀為一體。如把上個句子讀為：村　は　米のほかに……就會影響句子的意義。

　　⑵句節之間的關係

　　句節是句子的直接成分，句節之間以某種關係結合在一起構成句子。在句中句節之間的關係可以分為以下五種：

　　①主語・謂語關係

　　△花が　　咲く。
　　　A　　　　B

　　△風は　涼しい。
　　　A　　B

　　△ぼくは　学生だ。
　　　A　　　　B

　　上句中，A 部分是主語，叫做主語節，B 部分是謂語，叫做謂語節。它們是主題與說明的關係，即主謂關係。

　　②修飾語・被修飾語關係

　　△むずかしい問題が出た。
　　　　　　A　　　B

　　△山の頂についた。
　　　A　B

　　△人がすこし多すぎる。
　　　　　A　　　B

△東京で生活する。
　　A　　　B

　　上句中，A是修飾語，B是被修飾語，它們之間是修飾和被修飾的關係。其中修飾體言的句節叫做連體修飾語節，修飾用言的叫做連用修飾語節。

　　③對等關係

△雨や風が強い。
　　A　B

△富士山は高く美しい。
　　　　　　A　　B

　　上句中，A和B合在一起叫做對等句節。對等句節可以構成句子的主語、謂語、修飾語等句子成分。

　　④補助關係

△本を読んでいる。
　　　　A　　　B

△時計を買ってほしい。
　　　　A　　B

　　在上句中，A部分是承擔主要意思的句節，B部分是添加補助意思的句節，它們是補助關係。

　　⑤獨立語

△はい、わかりました。

△みなさん、よくいらっしゃいました。

△二月三日、この日はぼくの誕生日だ。

　　上句中，劃線部分是獨立語節，它表示感嘆、應答、或起連接句子的作用。它既不是主語，也不是謂語、修飾語，與其它句節沒有直接關係，是獨立的。

(3)句節的構成

前面講到，句節是由單詞構成的，不同句節的構成都有一定的規律，了解其規律對於認識日語句子特點和詞類特點有一定的茄助。

①主語節的構成：主語節一般多由體言加助詞 〝が〞 〝は〞 〝も〞 〝さえ〞 〝まで〞 構成。另外，部分動詞的連用形（如：考え、話し、帰り等）和形容詞的連用形（如：近く、遠く等）加部分助詞也可以做主語節。用言（或加助動詞）的連體形加形式名詞、加助詞也可以做主語節。

②謂語節的構成：謂語節多由用言、或用言加助動詞、體言加助動詞（だ、です）構成。在句中體言加終助詞也可構成謂語節，例如：まだ，こどもさ。あれが学校か。

③連體修飾語節的構成：構成連體修飾語節的有連體詞、用言（或加助動詞）的連體形、體言加助詞 〝の〞 的形式等。部分副詞加助詞 〝の〞 也可以構成連體修飾語節。例如：わずかの間等。

④連用修飾語節的構成：構成連用修飾語節的有副詞、形容詞和形容動詞的連用形、動詞的連用形，以及體言加格助詞 〝を〞 〝へ〞 〝に〞 〝で〞 〝より〞 或一部分接續助詞、副助詞和用言加部分接續助詞、副助詞的形式等。

⑤對等關係節的構成：構成對等關係節前項的有用言的連用形（表示並列時）、體言或體言加助詞 〝と〞 〝や〞 〝やら〞 〝か〞 的形式等。其後項根據對等關係節在句子中所做的成分，如做主語、謂語等，其構成與其一致。

⑥補助關係節的構成：構成補助關係節後項的主要是補助用言。

⑦獨立語節的構成：構成獨立語節的主要是感嘆詞和接續詞。另外表示提示、呼應的體言也可以構成獨立語節。

3. 句子

句子是語言運用的基本單位，由句節按照一定的關係構成，能表示一個相對完整的意思。句子有一定的語調，表示陳述、疑問、感嘆、命令等語氣。在談話中，句子和句子之間有一個較大的停頓，在書面語中，句子的末尾要用特殊的標點（句號、問號或感嘆號），表示它的語調和停頓。句子可長可短，一個句節也可以構成一個句子，如："火だ！" "なに？" 等，但大多數的句子均由數個句節構成。

日語的句子，從結構上可以分為單句、複句和重句三種。單句就是主謂關係只成立一次的句子。例如：

①音が長く続いた。（主語是 "音が"，謂語是 "続いた"。）

②熱心に働いている青年を見た。（謂語是 "見た"，但主語沒在句子中表現出來，可以考慮為 "わたしは" 等，是被省略了。）

複句指句子的主語、謂語或修飾語中還包含主謂關係的句子。例如：

①天気のよいのはみんなにとって何よりもありがたいことである。（"天気のよいのは" 是全句的主語，是由一個主謂關係構成的，即 "天気の" 是主語節，"よいのは" 是謂語節。）

②私は頭が痛いんです。（"頭が痛いんです" 是全句的謂語，但也是由一個主謂關係構成的，"頭が" 是主語，"痛いんです" 是謂語。）

重句指由兩個以上主謂關係的單句以對等的資格並列的句子。例如：

①身なりはきたないが、人間はしっかりしている。

②雄は太い声でこけっこっこといい、雌は細い声でけけっこっ

こという。

　　從性質上，日語的句子可以分為陳述句、疑問句、命令句、感嘆句四類。

　　陳述句是客觀地判斷事物、敘述思想感情、描寫事態的句子。凡表示肯定、否定、判斷、主張、推測、傳説、決心等各種意志或情感的句子都是陳述句。

　　疑問句是表示疑問或反問的句子。這種句子一般要求聽者解答或回答問題。例如：

　　①まだ行かない？勉強もうおわった？

　　②あの人に、なんでそんなことがいえましょう。

　　命令句是表示命令、禁止、請求、勸誘的句子。日語的命令句中大多沒有主語。例如：

　　①決して忘れてはいけませんぞ。

　　②さあ、みんなで公園に行きましょう。

　　感嘆句是表示喜、怒、哀、樂、驚奇、贊嘆、興奮、厭惡、蚊惜等感情的句子。感嘆句一般也沒有主語，並且句末經常伴有なあ、ねえ、よ、こと、もの等表示情感的終助詞。例如：

　　①うれしいなあ。

　　②もっとはきはきすればいいのねえ。

　　③ああ、すばらしい景色だこと。

第三章　社會生活中的日語

第一節　日語的口語與書面語

1. 口語與書面語

　　語言從交際形式或使用手段來看，一般分為口語和書面語兩種形式。其基本區別在於，表達思想、感情、意志的方式是通過音聲還是通過文字。利用音聲交流的語言是口語，利用文字交流的語言是書面語。前者也稱為音聲語言，後者也可稱為文字語言。

　　在文字產生以前，口語是語言存在的唯一形式，它的歷史與人類的歷史是並行的。因此口語的歷史相當古老，語言學家常常以口語為基準對語言進行研究。書面語是隨著文字的產生而出現的。在日本，書面語的歷史是從中國的漢字正式系統地傳入日本後開始的。因此，與口語相比它的歷史是相當短的。但是，書面語能在時間或空間上彌補口語的不足，使語言傳遞得更遠，範圍更大，持續的時間更長。即由於書面語的出現，人類文化、文明的積蓄和繼承得到了大大的增強，極大地推進了人類社會的發展。

　　文字的出現使語言產生了分化。文字記錄口語，逐漸形成比口語精確、嚴密的書面語，為語言的加工、規範化的確定提供了條件。書面語以口語為基礎，又不斷對口語產生影響，二者互相促進。一般來

説，從語言的表達形式上看，口語與書面語往往是不一致的，有時甚至相差懸殊。在日本的古代，口語與書面語的區別很小，除音聲和文字的區別外，在語言形式上基本上一致。如古代的歌謠都是口語性的。平安時代女流作家的物語、由於日語語音、語法等發生了變化，特別是中世時產生了"和漢混合體"文章後，書面語與口語產生分歧，形成了特有的形式。日語口語和書面語分家的現象持續了很長時間，直到進入明治時代後，由於"言文一致"運動的推動，書面語開始接近口語。但是，目前的書面語和口語仍存在種種差異。

2. 口語與書面語的差異

在現代日語中，口語和書面語之間有多種差異，具體可以歸納為以下幾個方面：

(1)語言場合不同

口語是音聲語言，且傳遞不遠。因此，口語一般要求說話者和聽話者處於同一場合。由於聽話者在眼前，口語常常伴隨表情、態度和姿勢等動作，進行說明或理解。同時，聲調、語氣的不同，以及談話速度的緩急、中頓等在口語中也起很大作用。口語由於以音聲為媒介，一般具有當場消失的一次性特點，所以只要達到交流的目的，語言本身不一定十分規範、準確。

書面語發揮文字語言的交流作用，可以不受空間、時間的限制，傳遞遠、範圍廣、持續時間長。與口語相比，它缺乏對音聲和具體場合的依賴性。因此，書面語要具備語法的準確性、詞語選擇的確切性和意思上嚴密的邏輯性。同時，它還要借助文字的作用（如區別同音詞、文字的大小和排列、以及標點符號等）規範其表達意圖。書面語較口語要複雜、難懂，但同時又可以給讀者以充分的時間仔細理解和

體會，並且可以做為資料長久保存。

(2)句子結構不同

①句子的長度

做為音聲語言，口語的句子受說話時間的限制，冗長而複雜的句子對說話者和聽話者都很不方便，因此，口語的句子一般要比書面語短得多。在日語中，句子的長短一般以句節數量的多少來計算。據調查，口語句子的平均長度為 3.24 個句節，而書面語句子的平均長度是 15.9 個句節。

②省略成分

口語由於具體的談話場合，往往依賴語調、表情、動作幫助語言交流，所以句子中的省略成分很多，不完整。而書面語不能依賴語音語調和其它手段的幫助，所以句子的省略成分比較少。口語中的省略現象如：

△お父さんのお仕事は。

△ちょっとこちらへ。

△ちがうんですけど。

△ちゃんとわかってるくせに。

△あんなにたびたび注意しておいたのに。

△ちょっとこれ読んでみて。

△早くお医者様に見てもらったら。

等。這種現象在書面語中是很少見的。

③詞序

在口語中，句子的語法規則不嚴密，詞序靈活，倒敘形式等出現的比較多。例如：

△おじさん、あれある？あのおねぎ、長いの。

△ここが一番悩みですなあ、今のとこ。

與口語相比，書面語的語法嚴緊，詞序規律性強，很少出現倒敘等現象。

④句尾形式

口語中的句子一般以〝だ〞〝です〞〝ます〞〝ございます〞結尾，講演時多用〝であります〞結尾。而書面語的句子則多以〝である〞結尾。

(3)用詞不同

①敬語

在談話、講演、做報告時，説話者和聽話者常常出現在同一場所，是面對面的。二者之間的關係常常也十分明確。所以，在口語中，敬語出現得非常多。而書面語的對象（除書信外）是不固定、不明確的，所以較少使用敬語。

②漢語詞彙

與和語詞彙相比，漢語詞彙比較生硬、難懂。所以在口語中使用得較少，書面語中使用得相對多些。另外，古語詞彙在口語中出現得也比較少，而在書面語中出現得多些。

③其它詞

口語中還多使用指示詞（如：これ、それ、あれ、この、その、あの等）、感嘆詞（如：まあ、はあ、さあ、はい、ええ、うえ等）、終助詞（如行くよ、行くわ等）、間投助詞（如：これね、それからさ等）。這些成分，在書面語中出現得少。另外據調查，口語中名詞出現得少些，而動詞、副詞、形容詞出現得相對多些。

3. 口語與書面語的未來

　　語言是隨著社會生活變化而變化的。口語和書面語也不例外。日語的口語和書面語之間雖然還存在著多種差異，但就其差異的程度來看，與戰前相比已縮小很多，並且還在縮小。戰後，日語口語和書面語變化的特點是二者的互相接近，一方面是書面語逐漸口語化，另一方面是口語也多少具備了書面語的特點。

　　書面語的口語化是隨著戰後各項國語政策的制定和教育水平的提高引起的。在這方面，1946 年公布的《現代假名用法》規定假名文字的使用要盡可能與實際發音一致，糾正了《歷史假名用法》的不足，如把原來的〝ケフ〞（今日）改成了〝きょう〞，〝イハ〞（岩）改成了〝いわ〞等，文字語言的發音更接近了口語。並且，由於先後制定了《當用漢字表》、《常用漢字表》，戰前在書面語中常出現的漢字受到了限制，文章中出現的漢字少而規範了。另外，戰後以來，書面語中的句子形式也發生了一些變化，就報紙中文章的句子長度來看，1945 年是 27.4 個句節，1955 年是 26.3 個句節，1965 年是 16 個句節，1975 年是 15.9 個句節，可見書面語的句子漸漸地縮短了。並且，書面語中以〝である〞結尾的句子在減少，從戰後當時的 33%，降到了 1975 年的 3%。相反，以〝た〞結尾的句子增加，從戰後當時的 8% 上升到 1975 年的 15%。這證明文章的口語性更強了。

　　另一方面，由於現代科學的發展和社會生活的需要，戰後日本不斷地出現和普及了電話、廣播、錄音機、電視等，這些輔助性的語言交流工具的出現，使口語克服了受時間和空間限制的不足，能夠像書面語一樣傳遞得更遠、更廣，甚至比書面語傳遞得更快，並且通過錄音帶等也可以長久儲存了。廣播電視的語言對人們的影響很大。因為

廣播、電視播音員運用標準話播音，注意語音、詞彙、語法的準確和規範性等，這樣，推動人們漸漸地克服了口語不規則、不嚴密的不足，在某種程度上接近了書面語。

　　總之，戰後以來，口語和書面語之間的差距縮小了。根據目前情況，估計口語和書面語將繼續承認和吸收對方的長處，互為接近。

第二節　女性語的特點

1. 女性語的歷史

　　女性語指女性常用的語言或表達方式，是與男性使用語言相對而產生的概念。語言有男女性別之分，是日語不同於其它語言的一個明顯特點。

　　據記載，女性語大約最早出現於平安時代。當時在伊勢的皇大神宮專門從事神事的皇族未婚婦女（由於她們居於“斎宮”，“斎宮”便成了她們的代稱）認為在祭典時直接說出原名會玷污神佛而帶來災難，直接使用一些所謂“不潔淨”的話會產生不吉利等，故創造了一些代用語，後人把這些代用語叫做“斎宮忌語”。如這種代用語分為內七言：中子（佛）、染紙（經）、阿良良岐（塔）、瓦葺（寺院）、髮長（僧侶）、女髮長（尼姑）、片膳（齋）和外七言：奈保留（死）、夜須美（病）、塩垂（哭）、阿世（汗）、撫（打つ）、菌（肉）、壤（墓）等。這就是最初的女性語。

　　平安時代產生的女性語是出於忌諱的一種“忌語”，使用的範圍是很窄的。受平安時代女性文學的影響，至室町時代，女性講話委婉而含蓄被認為是美德，這樣便在上層婦女中形成了女性專用的語言，

即〝女房語〞。〝女房〞本來是在宮中服務的女官。在宮中，對食物、用具及日常生活中的物品等均盡可能地採用了與一般不同的説法。例如：おあか（小豆）、おひや（水）、おかべ（豆腐）、おいしい（好吃的）、おなか（肚子）、おしめり（下雨）、おひろひ（走）、あおもの（蔬菜）、かうのもの（大蘿蔔鹹菜）、よるのもの（睡衣）、しゃもじ（杓子）、かもじ（頭髮）、おはもじ（恥辱的）、すもじ（壽司）、ゆもじ（湯具）等。當時的〝女房語〞無疑是女官之間的一種行話，但由於是採取委婉的説法，回避生硬的漢語詞彙而創造出來的，所以被認為是表現女性美的含蓄而優雅的語言，以致迅速地由上到下擴散到一般平民中間。

　　〝女房語〞的特點是前面加〝お〞，或後面加〝もの〞和〝もじ〞等，後來，以這種方法造出的詞也越來越多，擴散的面也越來越廣。特別是加接頭辭〝お〞的詞量最多，其中有一些後來甚至男性也開始使用，一直保留至今天。

　　〝女房語〞的含蓄、優雅這一特點後來有很大發展。到江戶時代，女性集中的各行各業均出現了很多只有女性語的語言。如女佣人之間使用的〝女中ことば〞、花街柳巷中藝妓使用的〝廓ことば〞等就是如此。女佣人的語言也好，藝妓的語言也好，大多都是出於職業的需要，或為了蔽蓋鄉土音而產生的，產生的初期具有行話的特點。後來這些語言漸漸地走出本行業，對一般婦女有很大影響。平安時代、室町時代的女性語以上層的貴族婦女的語言為中心，江戶時代的女性語則以下層婦女的語言為中心，這種語言的變化與婦女的社會地位變化有直接關係。江戶時代的女性語對日語，特別是對後來的女性語有很大影響，例如現代日語的〝ます〞〝であります〞等都是由〝廓ことば〞演變而來的。而且江戶時代下層社會婦女的語言對明治維新後

的女學生和上層婦女影響也很大，如當時產生的〝～てよ〞〝～だわ〞〝～のよ〞等表達形式，奠定了現代女性語的基礎。

2. 現代女性語的特點

前面已經講到，女性語是相對而言的。它與男性語不同，在表達同樣含義時，男女往往採用不同的說法。

例如：

おれ、腹へったなあ、何かうまいものくいたいな。

あたし、おなかすいちゃった。何かおいしいものたべたいわ。

〝おれ—あたし〞、〝腹—おなか〞、〝くう—たべる〞、〝な—わ〞幾組同義詞體現了男性語和女性語的不同。然而，並不是所有的詞都有男女之分，絕大多數詞都是男女通用的。所謂女性語或男性語只是女性或男性常用的一些說法而已。另外，同是女性使用的語言，其具體形式也不盡相同。這種內部的差異主要產生於女性的不同身份，不同年齡，以及所處的不同環境和不同的談話對象、場合等。比如農村婦女和城市婦女、普通婦女和上層婦女、老年婦女和青年女學生的談話形式都有一定差別等等。我們在這裡談的女性語只是在與男性相比較、而絕大多數女性較常用的說法。

現代日語女性語有什麼特點呢？歸納起來，有如下幾個方面：

(1)女性語言溫柔、文雅、富有感情色彩，這是一般公認的日本女性語言的特點。溫柔主要表現在日本的婦女在一般公開場合，或對客人、不熟悉的人等談話時，聲音比較低微，並且態度恭謹，給人以溫柔親切之感；文雅主要表現在她們不使用粗野、下流、庸俗的詞語，前邊談到的〝女房語〞就是為了回避這些說法而產生的。女性語溫柔文雅的性格從歷史上看是由男尊女卑的封建意識形成的，而後來卻做

為女性的一種美德延續至今。富有感情主要體現於女性談話富有抑揚頓挫之感，這當然與女性的生理及心理特點有直接關係。

(2)女性很少使用漢語詞彙，這是由來已久的習慣。在歷史上，漢字和漢語詞彙從傳入日本時開始，一直為男性所使用。在假名文字形成以後，產生了以假名文字為主的女性文學，這在人們的心目中形成了和語體現女性特點的印象。人們一直認為，漢語詞彙生硬、難懂，缺乏感情色彩，一般不適合女性使用。在現在的口語和書面語中，女性更多地使用和語詞彙。

(3)出於社會地位以及封建意識的影響，日本的女性較男性更多地使用敬語，且敬語程度更高。在現代社會，敬語雖然失去了應有的〝敬語〞，但是卻表現了一種文明、禮貌、鄭重和文雅。這一點與女性語言的特點很一致，因此，一般認為敬語是女性語的重要特點。

在這種意識的影響下，女性越來越多地使用敬語。如〝おコーヒー〞、〝お教室〞等，什麼詞都冠以〝お〞。另外，把表示人與人之間關係的〝あげる〞等用於動植物，如〝犬にエサをあげる〞等，這類用法都是不適當的。敬語用得過度的現象之所以產生，與女性相盡可能地表現自己的心理有關，與其說是出於敬意，倒不如說是為美化自己的語言而使用的。

(4)語言是否顯得有禮貌，句尾起很大作用。日語的句子有簡體和敬體之分，前者為〝だ調〞、後者為〝です・ます調〞，是由句尾的形式區分的。在一般情況下，女性使用敬體的〝です・ます調〞多些，而男性使用簡體的〝だ調〞多些。在關係較密切的人之間，女性也使用簡體，但後面多加終助詞。一般社交場合，男性也需要使用敬體。可以說，〝わたしは……です〞的形式男女可以同用。而〝ぼくは……だ〞的形式是男性專用的。

與此相關的是，女性的語言多用用言的接續形式（或加終助詞）結句。例如：

　　これなら、よく似合ってよ。（表示斷定）

　　これは、どこでお買いになって？（表示疑問）

　　できるだけ早くいらっしゃってね。（表示請求）

　　句子的 "〜でよ" "〜て" "〜てね" 都是女性語言特有的形式，男性一般不用。

　　(5)與句尾的形式有關的是，在終助詞的用法上，男女之間有明顯區別。例如，女性專門使用的終助詞有：

　　わ→それでいいわ。こんなところにありましたわ。

　　わよ→雨が降ってきたわよ。じゃあ、頼んだわよ。

　　わね（え）→ほんとうによかったわね。あなた、偉いわねえ。

　　こと→まあ、きれいだこと。

　　　　　　みんなで行ってみないこと？

　　ことよ→あまり気にしないことよ。

　　の→なにもいただきたくないの。

　　のよ→そんなに心配しなくてもいいのよ。

　　のね→やっぱりそうだったのね。

　　な→はやくいらっしゃってくださいましな。

　　かしら→教えてあげようかしら。

　　其中 "な" 男性也可以使用，但使用的場合往往不同。與女性專用的終助詞相比，男性專用的終助詞很少，大約只有以下三個：

　　ぜ→おれはもう行くぜ。

　　ぞ→二度と言ったら、承知しないぞ。

　　な→そりゃ困りましたな。

⑹從詞的使用上，女性與男性語言也存在一些差別，出現了一些女性專用或男性專用的詞彙。例如，在人稱代詞方面，女性用〝あたし、あたくし、あたい〞（第一人稱）、〝あなた、あんた〞（第二人稱）；男性用〝ぼく、おれ、わし、わがはい〞（第一人稱）、〝きみ、おまえ、きさま、てめえ〞（第二人稱）等。上例中的〝あなた〞實質上是男女通用的，但是男性很少使用。同樣，〝おまえ〞一詞女性也可以使用，只是沒有男性用得多。如在夫妻之間，特別是年紀大一些的丈夫常常是當面稱自己的妻子為〝おまえ〞，而妻子則稱丈夫為〝あなた〞。

在感嘆詞方面，也存在女性專用的詞和男性專用的詞。例如あら、まあ、ちょいと等是女性專用的；而ほう、おい、なあ、いよう、やい、くそ等是男性專用的，一般不能混同。

3. 女性語的未來

如上所述，現代日語女性語的特點是多方面的，其中有語言外部的生理、心理方面的特點，也有語言內部的語音、詞彙、語法、用詞等方面的特點。這些特點的形成除女性的生理特徵外，可以說絕大部分是社會歷史原因造成的。有史以來，日本婦女生活在封建社會的最底層，受著男尊女卑意識的嚴重束縛，婦女處於與男人完全不同的社會地位之中。可以說，女性語是婦女為了適應社會的需要，為了保護自身而形成的。

明治維新以後，日本婦女的社會地位有所改善，原則上婦女獲得了與男人同樣的就學從業機會。由於生活範圍擴大，婦女與男人的生活環境接近了，男女之間的語言差距也有所縮小。例如與明治前相比，在女性語言中，漢語詞彙就增多了。

第二次世界大戰結束以後，日本社會進入民主化階段，婦女和男人在社會地位方面的差距不斷縮小。在這種社會環境下，女性語和男性語的距離急劇縮小。這主要體現在女性語的減退，或者說女性語間中性語言或男性語的接近。例如，在現在的日本，常常可以聽到年青的女性使用〝ぼく、おれ〟〝きみ〟這樣的詞，這在以前是不可想像的。日本NHK就為什麼使用〝ぼく〟這一稱呼對東京的女學生進行了採訪，得到的回答是：使用〝ぼく〟可以與男同學同等相處，使用〝あたし〟顯得女子軟弱，有低於男子的感覺。

　　為了提高自己的地位，現在，在女學生的語言中女性語的特點很少。如她們不說〝するのよ〟〝ゆくわよ〟，而與男學生一樣說〝何言ってんだ〟〝ぼくもするよ〟。她們甚至不說〝いたい〟，而說〝イテッ〟。有時，在她們的語言中，甚至還出現〝このやろー〟〝てめえ〟〝ばかやろー〟〝うるせーな〟〝ふっとばすぞ〟等粗野的說法。這些現象在目前雖只限於青年女學生，但不難看出社會生活變化對女性心理的影響。

　　在女性語男性化的同時，也出現了男性語女性化的傾向。與戰前相比，男性使用的語言普遍不那麼粗野、生硬，而變得比較溫和、文雅了。特別明顯的是，男性在與女性談話的時候，有意識地回避難懂、庸俗的語言，而盡可能地使用溫和易懂、禮貌得體的說法。這可以說是男性尊重婦女的一種表現。

　　男性語接近了女性語，或是女性語接近了男性語，這種說法不一定恰當。但是，不管怎麼說，兩者的距離是在漸漸地縮短，這是事實。根據現在青年人的語言和一般社會心理來看，未來的女性語言將要進一步揚棄表現女性自卑感的成分，同時將繼續保持女性美的特點；而男性的語言將要變得更文雅、禮貌。總之，日語的男女性差別將會

繼續縮小下去。

第三節　敬語問題

1. 敬語的形式

　　人們的運用語言進行交流時，往往根據説話人、聽話人和第三者之間年齡的長幼、地位身分的高低、關係的親疏遠近、男女的差別，採用不同的語言形式表達相同的內容。在這樣的語言習慣中，説話人基於尊敬、禮貌、莊重而採用的説法叫做〝敬語〞。

　　敬語是社會習慣在語言上的反映，它受文化風俗、社會制度的約束，也受人們心理作用的影響。社會情況、民族特點不同、其語言的敬語程度也不同。日語中的敬語，一直被人們做為日語的一大特點看待，它一方面豐富了日本語言，使日語增加了美麗、文雅的成分，同時也賦予了日語以煩瑣、複雜的特點。例如現代日語表示〝來〞這個詞，就有いらっしゃる、おいでになる、おみえになる、おこしになる、こられる、来る、まいる、うかがう等多種説法，要根據不同的對象和場合，準確地掌握不同的説法是很不容易的。

　　現代日語的敬語不是絕對的。它的使用取決於説話人對彼此社會地位的認識和心理作用。根據説話人的基本意識，複雜的敬語從其結構上可以分為：尊敬語、自謙語和敬體三種。

　　尊敬語是説話人對對方或話題中所涉及的人物、以及與其有關的事物、行為、狀態、性質等表示敬重而採用的語言表達形式。這類表達形式有いらっしゃる（來・去・在）、おいでになる（同上）、おっしゃる（説）、ごらんになる（看）、めしあがる（吃）等專用詞，

有お（ご）〜になる（ご心配になる）、お（ご）〜なさる（お書き
なさる）、お（ご）〜くださる（お教えくださる）、お（ご）〜あ
そばす（ご出席あそばす）、お（ご）〜です（お呼びです）、〜れ
る（読まれる）、〜られる（教えられる）、〜てくださる（見てく
ださる）、〜てあげる（やってあげる）、〜てさしあげる（読んで
さしあげる）等慣用形式，還有添加接頭、接尾詞お、ご、おん、み
、貴、様、殿等成分來表示的。

　　自謙語是説話人用謙遜的説法降低自己或己方及其行為、狀態、
所屬物等間接地向對方表示敬重的語言方式。自謙語可由まいる（來・
去）、おる（在）、申す、申しあげる（説）、拝見する（看）、い
ただく（吃・領受）、さしあげる（給）、いたす（做）等專用詞，
お（ご）〜する（お呼びする）、お（ご）〜いたす（ご案内いたす）
、お（ご）〜いただく（お教えいただく）、お（ご）〜ねがう（ご
覧ねがう）、〜ていただく（教えていただく）等慣用形式，加添加
接頭、接尾詞お、ご、粗、拙、ども等的形式來表示。

　　敬體在日語中叫做〝叮嚀語〞，是説話人對聽話人表示禮貌、鄭
重之意的語言形式。主要由專門接於句尾的助動詞〝です〞〝ます〞
來表示。

2. 敬語的産生及發展

　　敬語作為日語的特點之一，其歷史淵源是很悠久的。據考察，在
奈良時代敬語已經相當發達，語言中存在很多表示尊敬和自謙的動詞
，還出現了用補助動詞、助動詞等表示尊敬的用法。由此可以推斷，
在沒有文史資料記載的奈良時代以前，敬語已出現了。

　　敬語的産生主要是由於人們對神靈的敬畏。人們認為語言有靈性

，如果將一般的語言用於神是一種褻瀆會招致災難，於是便採用了一些特殊的語言表達方式。這種產生於敬畏的表達方式便是敬語的雛形。由此看來，敬語的產生是伴有宗教色彩的。在古代日本，人們認為天皇是神的化身，與神具有同樣的威力。所以出於同樣的心理，對天皇以及皇族也使用與對神靈相同的語言。因此，日本古代的敬語在使用上是同迷信直接相關的。無論在什麼場合，只要是言及神、天皇或皇族，人們總是使用同樣的敬語，不得例外。所以，當時的敬語也叫做〝絕對敬語〞。

進入平安時代以後，敬語有很大的發展。如在形式上，出現了敬語助動詞る、らる、す、さす、しむ和雙重敬語〝せ給ふ〞的形式等。另外還出現了敬體形式〝待り〞。在內容上，敬語開始分化，出現了不同層次，即根據不同的對象或場合，產生了程度不同的敬語。這一時期，絕對敬語意識仍占主要地位。但是已開始出現變化，如敬語除對神、天皇使用外，對自己認為應該尊敬的人也開始使用。並且根據聽話人和說話場合的不同，出現了變換說法的現象。敬語的使用出現了相對性。

日本從鎌倉到江戶時代，是階級分化最激烈的時期。這種社會的變化，給敬語和敬語意識也帶來了很大的變化。在語言形式上，先後出現了助動詞れる（られる）、動詞いたす、いただく、ござる、和お（ご）～なさる、お（ご）～になる、お～くださる、お（ご）～遊ばす、お～申し上げる、お～致す、お～する、お～いただく、～させていただく等慣用形式。其主要特點是，敬語的表達形式繁多，複雜而不固定。在敬語的使用上，由於社會和人們相互間關係的變化，以及由此產生的心理變化，敬語意識也發生了根本性變化。敬語的使用失去了迷信色彩，更注重階級、階層、職業、身分、年齡、性別

的差異。即使是對天皇，使用敬語已不再是出於迷信的敬畏，而只是下對上的尊敬。這一時期，敬語的使用不是固定的，而是因人、因場合的不同而經常變化，增強了敬語的相對性。

明治時代以後，隨著士農工商封建等級制度的消失，敬語開始趨於簡單化，一是敬語形式在使用中得到了整理，相對簡單了，二是隨著人與人之間關係的簡單化，敬語的使用相對容易了。但是在新興貴族階級及其上層社會，敬語的使用仍然很煩瑣，對天皇、皇族使用的語言仍有很嚴格的規定。因此，可以說這一時期敬語的使用標準仍是建立在人與人之間上下尊卑關係之上的。

3. 現代敬語意識

明治維新是日本進入近代的契機。從明治元年開始，經過大正到昭和時代，在這一百多年間，日本社會發生了急劇的變化。無疑也給日語敬語的使用帶來了影響。從日語敬語的角度來看，近代可以以第二次世界大戰結束為界劃分為兩個階段。戰前的明治、大正和昭和前期，日本處於軍國主義的統治之下，人們嚴重地受著儒教、佛教以及封建思想的束縛，人與人之間的關係帶有濃厚的封建色彩，處於上下不平等的狀態之中。因此敬語的使用也是基於上下等級關係的。然而戰後，日本的社會體制發生了劇烈變化，民主平等思想迅速形成，封建的上下等級關係開始崩潰。與此同時，敬語的使用情況也相對地發生了很大變化。

戰前戰後的敬語變化，首先表現在語言的使用標準上。戰前的敬語主要是基於人們封建的上下等級關係使用的，因此也稱為階級敬語、上下敬語；戰後的敬語是以相互尊重人格、建立戰後的敬語變化是由人與人之間的關係從縱式向橫式轉化引起的，是上下關係的敬語向

左右關係的敬語的變化，是敬語性質上的變化。

　　從使用的角度上看，現代敬語的實際情況是這樣的：首先，敬語的橫式性格建立在人人平等的基礎之上，主要以人與人之間的親疏關係為使用標準，與以前建立在上下關係之上的尊卑性格截然不同。一般來說，在親疏二者之間，人們對自己一方的人、對親密者不使用敬語，或使用程度較低的敬語；而對另一方，對關係疏遠者使用敬語，或使用程度較高的敬語。從這個角度來說，現代日語的敬語也是相對敬語。由於敬語的這種性格，對初次見面或素不相識的人不用敬語往往被認為是缺乏教養、或不懂禮貌；而對朝夕相處的親朋好友使用敬語，則往往被認為是關係不夠正常。例如夫妻或父子之間，在日常生活中是很少使用敬語的，但是在吵架時或爭執時卻往往使用敬語，其原因就在於此。敬語也是一種隔閡，具有社交性的自我防衛的特性。

　　其次，目前日本社會雖然已經相對地實現了民主化，但是來自於封建社會的等級觀念和尊卑的思想仍不同程度地存在著。因此，在敬語的使用上，也多少存在著上下或尊卑的意識。在年齡、身分、地位、職業等有明顯區別的情況下，一般處於下位的人對上位的人較多地使用敬語，而處於上位的人也希望下位的人對自己使用適當的敬語。但是，這種上下意識與過去的等級觀念又有不同的一面。現在的上下意識與互相間的利益關係緊密相連，下位者因為處於下位，在社會生活中，如在物質或精神等方面，對上位者往往是有所依賴，有所求助的。上級和部下之間、長輩與晚輩之間、父母與子女之間、教師與學生之間、以及買主和賣主之間都存在著一種利益關係，在這種利益關係起作用時，用的敬語較多，但這種利益關係一旦不存在，所謂的上下關係也就常常不能對語言起作用了。因此，現代敬語中存在的這種上下、尊卑意識，是相對的、經常變化的。

再次，隨著人與人之間關係的變化，與戰前相比，戰後的敬語在形式上和用法上大幅度地簡化了。在這方面變化最大的是皇室敬語。戰前，對天皇或與皇室有關的報導、談話都要使用特殊的敬語，如説天皇的身體、面容、年齡、照片要用〝玉体・聖体〞、〝天顔・龍顔〞、〝宝算・聖寿〞、〝御真影〞等，但現在都改成了〝おからだ〞、〝おかお〞、〝お年・ご年齡〞、〝お写真〞等，與一般使用的敬語沒什麼區別。

　　另一方面是廣播報導用的敬語簡單化了。與以前不同，現在的廣播、報導要面向一般社會，要以廣大民衆為對象。隨著這個轉變，在用語方面，以使用敬體為原則，使用的尊敬語和自謙語少了。由於這方面的影響，在現代社會生活中，〝です〞〝ます〞體成了敬語的標準形式。從年齡和性別上看，戰後出生的年輕人，與他們的父輩相比，使用的敬語少、簡單、而且程度低，並且不善於根據不同的場合區別不同説法，在性別上，女性語言中的敬語程度降低，男女性差縮小。

4. 敬語的將來

　　由於敬語意識的變化，敬語使用失去了原來的規範性，產生了一些混亂。敬語的混亂表現在兩個方面：一是使用場合的混亂。由於利益關係的作用，人與人之間的關係在某種程度上失去平衡，在一般認為該使用敬語的時候往往不使用，而在不應使用的情況下卻使用，敬語失去了應有的使用標準。例如，總體來看學生對老師、子女對父母、晚輩對長輩等，使用敬語的現象減少了；二是敬語形式或用法出現了混亂。例如一些女性，常常説〝小鳥にえさをあげる〞，而〝あげる〞用於動植物這在以前是絕對見不到的用法。同時，女教師或女學

生常常稱男同學為〝……くん（君）〞，而〝くん〞在以前是女性不能使用的稱呼。另外，是敬語接頭辭〝お〞使用得過多，而且混亂。

對戰後出現的敬語的混亂現象，一些人認為是過渡期的混亂，由於傳統的敬語意識消失，新的敬語意識還沒確立起來，出現混亂是理所當然的。今後的敬語應該如何，這是一個很難估側的問題。1952年，日本國語審議會發表了《今後的敬語》，力求把以往繁雜的敬語加以整理和系統化，使敬語變得更加簡單、樸實和易懂，以便適應現代生活的需要。從三十年後的日本人現實的語言生活來看，國語審議會的意圖並沒有得到完全的體現，但是，敬語的使用還是向相互尊重對方基本人格的方面發展了。基於敬語的繁雜性，有些人提出乾脆廢除敬語。但是，基於目前日本的社會狀況和人與人之間的關係，完全廢除敬語是不可能的。同時，很多日本人認為，敬語給日語增添了美感，如果廢除敬語會使日語失去特點，敬語對日本人心理的影響是不會一下子消失的。敬語在過去是隨著社會的發展而發展的，對敬語的將來也要根據社會的發展和變化來加以考察和推測。

第四節　方言、共同語和標準語

1. 方言

方言是一種語的地方變體，在某一地區內為人們所使用，具有濃厚的地域性特點。所以，方言也可以稱為〝地域語〞，與只為社會上一部分人服務的〝集團語〞〝行話〞有著截然不同的區別。一種方言有自己獨特而較完整的語音、詞彙、語法系統，不同於其它方言和共同語。在日語中，常說的〝大阪弁〞（大阪口語）、〝東北弁〞（東

北口語）的〝弁〞，在語言學上具有與方言類似的含義。

　　在一種語言中，方言作為一種地方變體，是在與另一種地域語言相比較時產生的概念。例如大阪的語言如果不與東京或東北地區的語言相比較，就只能稱為大阪話，不能稱為〝大阪方言〞。這是因為，方言是由地域差而區別開來的語言。實際上，在一種語言沒有共同語的情況下，方言只有一個意義，即是某一語言的分支。在有了共同語之後，其方言的地域性特點才突出出來。因此，方言實際上也是與共同語、或與構成共同語的基礎方言進行比較時存在的。

　　一般說來，分布面積較廣的語言都有方言與方言之間的差異。方言差異的形成是隨著使用這種語言的人民的歷史發展起來的，往往經歷過一些複雜的歷史過程，其中有的可以追溯到遠古時代。

　　日語方言產生得比較早，並且也很複雜。通過文字資料，日語方言的歷史最早可以追溯到產生≪萬葉集≫的奈良時代，因為≪萬葉集≫裡的東歌和防人歌中出現了方言。古代日本政治、文化的中心是現在的關西地區，這個地區的語言是當時日本的代表性語言。與此相對，當時把關西以東的各地區的語言稱為〝東國語〞，這就是現在所說的方言。但是由於缺乏資料，關於古代日本方言的情況並不很清楚。

　　日本關於方言的調查和研究是從江戶時代開始的，但是有價值的成果出現於明治時代以後，特別是進入昭和時代後，日本方言的區域和特點才逐漸明朗化。

　　日語的方言種類多而且錯綜複雜。從大的方面看，可以劃分為本土方言和琉球方言兩種，而從小的方面劃分則可以產生幾百或上千種。為了便於把握各方言的特點，一般把日本方言劃為四個大方言區，十六種方言。即：

日本方言
- 東部方言：北海道方言、東北方言、關東方言、東海東山方言、八丈島方言
- 西部方言：北陸方言、近畿方言、中國方言、雲伯方言、四國方言
- 九州方言：豐日方言、肥筑方言、薩隅方言
- 琉球方言：奄美方言、沖繩方言、先島方言

　　東部方言、西部方言、九州方言也統稱為本土方言，與琉球方言以吐　喇列島的南端和奄美大島之間為界；九州方言分布在九州島一帶，西部方言與東部方言之間的分界線是位於本州中部的阿爾卑斯山脈。

　　方言形成的原因是多方面的。日語方言的形成可以簡單地歸納為地理、封建割據和集體遷徙等三種原因。地理原因主要是由於山脈、河流、森林、海洋等自然現象的存在，交通長期斷絕，人們的來往受到妨礙，導致語言差異的形成。例如歷史上的東部和西部兩大方言，就是因為橫貫日本的阿爾卑斯山脈把本州斷為兩半而形成的。又如西部方言和九州方言、九州方言與琉球方言之間的語言差異與它們在地理上有海洋相隔有直接關係。

　　除地理因素外，日語方言差異形成的另一個較重要的原因就是封建社會的割據制度。封建割據最盛時期是江戶時代，德川幕府在全國設立藩制，各藩之間互相防範，嚴格限制往來，彼此形成了只在本藩通用的有特點的語言。例如岩手縣盛岡和一關兩地語言的差異就是這樣形成的。同時，江戶時代的封建移封制也是產生方言的一大因素。例如佐賀縣唐津市方言就是在九州方言包圍之中的〝語言島〞，它的形成是由於盤城棚倉的小乏原家受移封到唐津，在唐津保留使用了東部方言的緣故。

现代日语方言区示意图

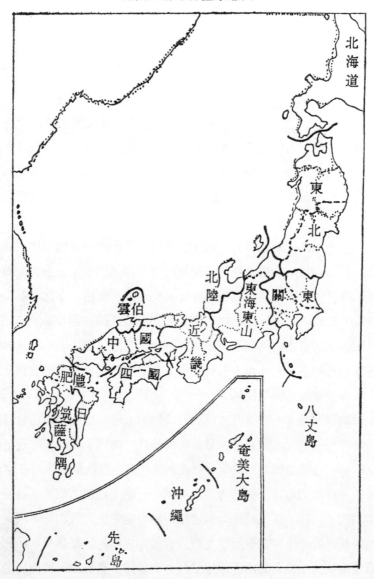

現代日語方言區示意圖

人口的集體遷徙往往也是形成語言差異的重要原因。在日本，北海道方言就是明治以來，由於集團性開拓遷入大批移民而形成的。

2. 共同語和標準語

共同語是超越方言的差異、生活在不同地區的人們可以共同用來交際的語言。共同語不像標準語那樣具有規範性，是更具有實用性、現實性的語言。共同語一般是在以一種方言為基礎成立的。現代日語共同語的基礎方言是東京語。

在一種語言的諸多方言中，哪一種方言可以成為共同語的基礎方言，不是取決於人們的主觀愛好，而是依據某一方言在整個社會中所處的地位。基礎方言所處的地區，必須是全社會的政治、經濟、文化的中心。共同語以基礎方言為基礎，同時還從其它方言、以及古語、外國語言中吸收有用的成分，並通過書面語的使用和加工，不斷地得到豐富和完善。因此，共同語與基礎方言也並不是同一概念。東京方言不等於是日本的共同語，它們在質上是有所不同的。例如，東京方言的〝オシメサマ〞（お姫さま）、〝マッツグ〞（まっすぐ）、〝オッコチル〞（落ちる）、〝キチャッタ〞（きてしまった）、〝ツマンナイ〞（つまらない）等詞語的發音就與共同語不同。

在日語中，共同語這一名稱最早出現於 1949 年。當時，日本國立國語研究所在福島縣白河市進行了一次語言實態調查，發現這一地區的語言由本地和外地兩部分語言成分混合構成，其外地成分與東京語相近，具有可以在其它地區通用的特點。但是與所謂的標準語並不完全一致。因此，把這種不同於標準語、又與本地方言對立的語言成分起名為共同語。共同語就是這樣由語言的實態調查和分析的需要產生的概念。後來，人們漸漸地習慣把與方言相對的語言現象都稱為共

同語了。並且，人們又把共同語分為全國共同語和地方共同語。前者指以首都東京為基礎的語言，後者指在一個較大方言區通用的語言。目前所説的共同語指前者。

共同語和方言之間有很多不同，歸納起來是：①方言只在某一區域內通用；而共同語可以在全國各地通用；②方言的口語性強，很多語音特點往往不能用文字表達；而共同語則必須伴同文字，因為共同語的形成和發展是離不開書面語的；③方言是人們自然掌握的語言，是不可選擇的。而共同語是通過教育手段，同文字語言一起學習和掌握的。

標準語在日語中是按一定的語言基準，如語音、詞彙、語法等對通用面較大的普通話進行規範化統制的理想性語言。現代日語標準語多指以東京語為基礎形成並經過加工的日語共同語。但是，目前日語的標準語只是作為一種理想的語言模式，是正在追求的語言，在現實生活當中並沒形成。標準語做為理想性語言，與實際存在著的共同語有相同特點，如都不受地域限制，可以在全國通用，都是伴隨文字表達的語言等。不同點是，共同語是自然形成的，而標準語是要按照某種規範進行加工、改造的語言。

在日本，嚴格意義上的標準語是不存在的，但是標準語意識出現得卻很早。從古代開始，人們就習慣把各個時代政治、經濟、文化的中心地的語言做為國家規範的、標準的語言看待，而把地方的語言看作＂俗語＂。例如奈良時代大和地方的語言、平安到室町末期的京都的語言在當時就是中心語。從江戶中期開始，隨著日本政治、經濟、文化向江戶的實質性轉移，江戶語開始成了日本的中心語言，而進入明治時代後，人們開始把繼承江戶語特點的東京語看做為日本的標準語，並加以強化。

日語標準語這一名稱，最早出現於 1891 年，後來逐漸開始使用。當時標準語的概念是〝東京有教養的人的語言〞。後來，在 1902 年日本國語調查會提出方言調查方針後，標準語開始不僅限於東京語本身，而在地域上具有了現在共同語的概念。標準語這一名稱的出現和使用，反映了日本民族意識的抬頭，同時也體現了由語言統一國家、反對地方分權主義的政治意圖。

戰前，一個時期曾經強行推廣標準語教育，目的在於消滅方言，因而產生了種種不利影響，在人們的心理上對標準語有一種反感。1949 年以後，把在現實社會中使用度高的通用語言改稱為共同語了。目前，一般把在電視、廣播中使用的語言看做為共同語的基準，而標準語只是在共同語的基礎上進一步加以改造、加工，使日本人的語言生活更為理想化。

3. 現代日語方言特點概述

方言的劃分是根據語音、語法以及詞彙、聲調等語言形式和通用範圍進行的。但是，這種劃分也只能說是大致的，並不一定十分嚴密。方言之間常常是同中有異，異中有同，越是細劃分，這種可能性就越大。在這裡，我們只就日本各方言的主要特徵加以介紹，以便有個大致的了解。

(1)北海道方言

北海道方言分布在北海道。以札幌、旭川、帶廣等中部城市為中心的語言和北海道南部以及沿海地區的語言稍有不同，前者近似於共同語，後者具有較濃厚的東北方言色彩。

北海道方言較之其它方言有如下特點：①長音、促音、撥音等音節不具備做為一拍的獨立性；②一段動詞的命令形是〝—レ〞，比如

〝受ケレ〞〝起キレ〞；③表示意志、推量時多用〝ベ〞；④用接續
助詞〝ば〞表示假定時，多為〝セバ（すれば）〞〝コエバ（来れば）
〞〝サムイバ（寒ければ）〞的形式。

(2)東北方言

　　東北方言也稱奧羽方言，分布區域是東北地區的六縣以及新瀉縣
越後北部。東北方言又分為北奧方言（青森、秋田兩縣、岩手縣的舊
南部、山形縣莊内地區、新瀉縣北部）和南奧方言（岩手縣南半部、
宮城縣、山形縣内陸地區、福島縣的大部分地區）。

　　東北方言在語音方面有如下特點：①「イ」和「エ」兩個音混同
。例如，〝駅〞和〝息〞都是〔egi〕，在發音上沒有區別；②「シ」
和「ス」、「ジ」和「ズ」、「チ」和「ツ」不分，這是東北方言的
突出特點。例如，〝寿司〞〝煤〞〝獅子〞均發音為〔sïsï〕，〝知
事〞和〝地図〞均發音為〔tsï~dzï〕，沒有區別；③在詞中的カ行
、タ行音都濁音化。例如，〔sage〕（酒），〔odogo〕（男）；④
ダ行輔音〔d〕出現在詞中時伴有鼻音。例如〔ɪna~do〕（窓）、
〔ha~da〕（肌）；⑤在北奧方言中，長音、促音、撥音非常短促，沒
有成為獨立的一拍。例如，〔adarasï〕（新しい）、〔hopeda〕
（ほっぺた）、〔si~büin〕（新聞）；⑥在北奧方言中，「セ」常發
音為〔ʃe〕〔çe〕或〔he〕，如在秋田縣一帶，〝先生〞一詞聽起來
是「ヘンヘ」；⑦聲調有兩種形式，北奧方言為東京式，南奧為一
型。

　　東北方言在語法上的特點是：①用「ベ」表示推量。如〝書グベ
〞、〝起きるべ〞；②表示方向的格助詞用「サ」。如〝山サ行グ
（山へ行く）〞；③很多詞上附接尾詞「コ」。如〝ウマコ〞（馬）
、〝サラコ〞（皿）、〝チャワンコ〞（茶碗）。另外，サ變動詞〝

する"的活用形在北奧方言中為 "サネエ"（しない）、"セバ"（すれば）、"セ"（しろ）；カ變動詞 "来る" 的活用形為 "キネ"（来ない）、"キル"（来る）、"キレバ"（來れば）；以「ウ」結尾的五段動詞在青森一帶變為以 "ル" 結尾。例如 "カル"（買う）、"オモル"（思う）；一段動詞的命令形，在東北的西半部與五段動詞相同，如 "オギレ"（起）、"ウゲレ"（受）；北奧方言的形容詞詞尾短而含混。例如 "アゲェ"（赤い）、"アゲェグナル"（赤くなる）、"アゲェバ"（赤ければ）。

(3)關東方言

關東方言分布在關東地區的一都（東京都）六縣（茨城、櫪木、群馬、崎玉、千葉、神奈川）和山梨縣的東部（東部留、北都留）。其中茨城、櫪木兩縣為東關東方言，其餘地區為西關東方言，二者間有一定差別。

關東方言在語言方面的特點是：①東關東方言具有與南奧方言共同的特點。如「イ」和「エ」不分；「シ」和「ス」、「ジ」和「ズ」、「チ」和「ツ」不分；カ行、タ行音濁音化等；②元音無聲化現象比較突出。例如〔ki ku〕（菊）、〔kɯ̩tʃi〕（口）；③連元音〔ai〕發音為〔ei〕、〔oi〕發音為〔ei〕、〔ui〕發音為〔i：〕；④位於詞頭的「エ」常被發音為「イ」，比如〔ida〕（枝）；⑤在千葉、崎玉、群馬和伊豆諸島，詞中的的ガ行輔音是〔g〕，而不是〔ŋ〕；⑥東關東方言為一型聲調，西關東方言為東京式聲調。

語法方面的特點是：①除城市外，敬語一般不發達，語言比較粗俗；②用「ベイ」表示意志、推量，俗稱 "關東ベイ" 或 "ベェベェことば"。比如 "書クベー"（書こう‧書くだろう）。

在關東地區，以東京都東部、橫濱市一帶的大城市為中心的語言

稱為〝東京語〞。東京語做為全國共同語的基礎，在關東方言中具有獨特的特點，也稱為〝語言島〞。東京語在江戶時代後半期以後以關東方言為基礎而逐漸形成。這種〝江戶語〞在明治以後，受到了近畿方言的影響，同時，也受到了書面語的加工，得到了與周圍方言不同的發展。東京語在語音上，如連元音「アイ」「オイ」「ウイ」不融合，不使用「ベイ」表示意志、推量，敬語的表達形式系統化等等，都是區別於關東方言的明顯特徵。

(4)東海‧東山方言

東海‧東山方言主要分布在長野、山梨（國中地區）、靜岡、岐阜、愛和五縣，以及北部伊豆諸島和新潟縣中南部地區。由於處於關東和關西的銜接地帶，所以東海‧東山方言同時具有東部方言和西部方言的特點。其中長野、山梨、靜岡一帶的方言稱為〝ナヤシ方言〞，東部方言的色彩比較濃。岐阜、愛知一帶的方言稱為〝ギア方言〞，具有濃厚的西部方言色彩。

東海‧東山方言在語音方面有如下特點：①位於詞頭的「エ」發音為〔je〕，如〔jeda〕（枝）；②連元音的融合現象比較複雜，例如「アイ」發音為〔æ:〕、「オイ」發音為〔o:〕、〔ε〕、〔Φ:〕、「ウイ」發音為〔ɯ:〕、〔i:〕、〔y:〕等現象在靜岡東部、長野的南信、愛知的尾張、岐阜南部和伊豆諸島等地可見；③在〝ギア方言〞中，詞中的ガ行輔音是〔g〕，不是〔ŋ〕。語法方面的特點有：①在〝ナヤシ方言〞中，用〝ス〞表示意志，如〝カカス〞（書こう）；用〝ズラ〞〝ラ〞表示推量，如〝カクズラ〞〝カクラ〞（書ぐだろう）；②指定助動詞〝だ〞可以不借用〝の〞直接接在用言的後面，如〝書クダ〞〝白イダ〞；③敬語有以名古屋為中心的〝オキャーセことば〞的特點。例如，〝ノミャーセ〞（飲みなさい），〝オ

キャーセ″（おやめなさい）、"シャーセ″（みなさい）；④使用感嘆助詞"ナモ″。

(5)八丈島方言

八丈島方言分布在位於伊豆諸島南端的八丈島及其屬島，雖然醒世名言範圍很小，但是一個別具特色的方言。

八丈島方言的主要特點體現在語法方面：①動詞的連體形以「オ」段音結尾，例如"カコトキ″（書く時）；終止形在其連體形後加終助詞「ワ」，例如"カコワ″（書く）；推量形是"カコゴン″（書こう）；過去時是"カカラ″（書いた）、"オキタラ″（起きた），在未然形後接「ラ」「タラ」；否定形式是"イキンナカ″（行かない）；②形容詞的連體形以「ケ」結尾，例如"アカケハナ″（赤い花）；③推量用「ノウワ」「ナウワ」等形式表示，例如"イクノウワ″（行くだろう），"タカカンナウワ″（高いだろう）。

在語音方面，中之鄉、樫立的方言中有重元音現象。例如，〔ea〕—〔deako〕（大根）、〔omea〕（お前）；〔oa〕—〔hoaki〕（ほうき）、〔hoa〕（母）；〔ie〕—〔kogierɯ〕（こごえる）；〔tenegie〕（てぬぐい）。八丈島方言屬於一型聲調。

(6)北陸方言

北陸方言分布在富山、石川兩縣和福井縣的嶺北地區及新瀉縣的佐渡島。

北陸方言在語音上的特點是：①在富山、石川兩縣，位於詞頭的「イ」發音為〔e〕，與「エ」音混同；存在中舌元音〔ɯ̈〕〔ɨ〕；「シ」和「ス」、「ジ」和「ズ」、「チ」和「ツ」的區別不明顯；②在福井縣東部，カ行、タ行輔音出現在詞中時發生濁音化；長音、促音、撥音短促，做為一個拍節的獨立性不強。這些現象與東北方言有

有共同性；③聲調基本上是京阪式。個別地區也存在東京式和一型聲調。

　　北陸方言的語法特點是：①五段動詞的連用形、形容詞的連用形出現「ウ」音變；②用「ン」表示否定；③用「ジャ」代替指定助動詞「だ」。除此之外，在能登的部分地區，用「ロー」表示推量，例如 "カクロー"（書くだろう）；在金澤市一帶，敬體助動詞「ます」用「ミス」表示，例如 "イキミス"（行きます）、"イキミセン"（行きません）。這種現象也稱為 "ミスことば"。

(7)近畿方言

　　近畿地區（京都府、大阪府、三重、滋賀、兵庫、奈良、和歌山五縣），整體和福井縣若狹地區的方言稱為近畿方言。它以京都、大阪的方言為核心，是西部方言的代表。

　　近畿方言在語音上區別於東部方言的明顯特點是：①元音發得清晰，不存在東部方言中的元音無聲化現象；②單音節詞的音發得長，聽起來近似於兩拍。例如 "火" "手" "名" 等詞聽起來似乎是 "ヒイ" "テエ" "ナア"；③發元音「ウ」時的口形較圓，為〔u〕；④聲調為京阪式，與東京式形成鮮明對照。

　　語法方面的特點是：①ワ行五段動詞和形容詞的連用形為ウ音變。比如 "オモータ"（思った）、"タコーナル"（高くなる）；②動詞的否定式以「ン」「ヘン」代替「ない」。如 "カカン" "カカヘン"（書かない）；③假定條件使用「たら」表示，如 "カイタラ"（書けば）、"タカカッタラ"（高ければ）。④以「ヤロ」表示推量，如 "カクヤロ"（書くだろう）；⑤動詞多以連用形表示命令，如 "ハヨーカキ"（早く書け）；⑥用 "ジャ" 代替指定助動詞 "だ"，如 "雪ジャ"（雪だ）；⑦在敬語方面，"ドス"（です）、

〝オス〟（ございます）為京都方言；〝ダス〟（です）、〝オマス〟（ございます）為大阪方言。

(8)中國方言

中國方言分布於鳥取（西部地區除外）、島根（出雲地區除外）、岡山、廣島、山口等中國地方五縣和兵庫縣的但馬地區。

中國方言的語音特點是：①「アイ」融合，發音為〔æ:〕、〔a:〕、〔e:〕等；②詞語中的ガ行輔音發為〔g〕；③「エ」發音為〔je〕；④聲調為東京式。語法上的特點是：①一般使用〝ジャ〟代替指定助動詞〝だ〟；②使用〝ジャロ〟（だろう）表示推量；③現在時為〝カキョル〟（書いている）；④使用〝ケン〟〝ケ〟代替「から」表示原因；⑤在廣島縣，〝ございます〟為〝ガンス〟；⑥廣泛地使用〝～テッカーサイ〟（～て下さい）。

(9)雲伯方言

雲伯方言分布在出雲（島根縣）、伯耆（鳥取縣）和隱岐島一帶。

雲伯方言的語音特點是：①有中舌元音〔ï〕〔ü〕；②「シ」和「ス」、「ジ」和「ズ」、「チ」和「ツ」的區別不明顯，被稱為〝出雲ズーズー弁〟；③位於詞頭的「イ」發音為「エ」；④ハ行輔音為〔F〕，例如〔Febi〕（蛇）、〔Fïge〕（ひげ）；⑤聲調以東京式為主，但隱岐島的聲調更近似於京阪式。在語法方面，雲伯方言的特點與中國方言有共同之處，但在個別處也有區別，例如，指定助動詞用「だ」而不用「ジャ」。

(10)四國方言

四國方言分布在四國地區的香川、德島、愛媛、高知四個縣。其語音方面的特點是：①長音多發為短音；②在高知、德島，ガ行、ダ

行音的前面出現鼻音。例如〝マンド〟（窗）；③在愛媛西部和瀨戶內海的島嶼，「アイ」融合為〔a:〕〔e:〕；④除高知縣外，「エイ」融合為〔e:〕；⑤基本不存在元音無聲化現象；⑥聲調屬於京阪式，其中少數地區也存在東京式和一型聲調。在語法方面，其特點是：①用〝ケン〟〝キン〟〝キニ〟等表示原因、理由，在德島的部分地區則使用〝サカイ〟；②在香川，形容詞、形容動詞的過去時態為〝嬉シナカッタ〟（嬉しかった），〝静カナカッタ〟（静かだった）；③推量形式，如〝書くだろう〟在愛媛的方言中為〝カカイ〟，在高知的方言中為〝カクロー〟。

(11)豊日方言

豊日方言分布在福岡縣部分地區、大分縣、宮崎縣大部分地區。其語音方面的特點是：①「アイ」發音為〔e:〕、「オイ」發音為〔i:〕；②福岡縣部分地區和大分縣的聲調為東京式，宮崎縣為一型聲調。語法方面的特點是：①古日語的上二段活用比較明顯，例如〝オキン・オキタ、オクル〟（起）；②用〝ヌ〟或〝ノ〟代替格助詞〝を〟使用。

(12)肥筑方言

肥筑方言分布在福岡、佐賀、長崎、熊本各縣。其語音的主要特點是：①「セ」「ゼ」發音為「シェ〔ʃe〕」「ジェ〔ʒe〕」，例如〝シェナカ〟（背中）、〝カジェ〟（風）；②「オイ」融合為〔e:〕、「アイ」在熊本融合為〔ja:〕〔æ:〕；③聲調複雜，福岡縣東北部地區和熊本縣東半部地區為一型（或無型）、長崎縣和熊本縣西半部為京阪式。在語法方面，①保留著動詞的二段活用；②形容詞的語尾為「カ」，例如〝ヨカ〟（良い）、〝アカカ〟（赤い）；③指定助動詞「だ」多為〝ジャ〟；④形容詞連用形長音化，例如〝サ

ムー"（寒く）、"ヨーナカ"（良くない）；⑤使役助動詞為「ス
ル」，例如"イカスル"（行かせる）；⑥用「バ」代替格助詞「を」
，例如"手紙バ書ク"；⑦ワ行五段動詞的連用形為ウ音變，例如"
ハロータ"（払った）；⑧「けれども」為「バッテン」；⑨使用終
助詞「バイ」「タイ」，例如"イクバイ"（行くよ），"ヨカタイ
"（いいよ）；⑩「ケニ」「ケン」「ケー」做為表示原因理由的
「から」使用。

(13)薩隅方言

薩隅方言分布在宮崎縣諸縣郡、鹿兒島（奄美群島除外）。在語
音方面，其特點是：①「オイ」和「アイ」都融合為〔e〕；②位於
詞語最後一個音節中的元音〔i〕〔ɯ〕脫落。如キ・ク・チ・ツ・ビ・
リ・ル出現在詞尾時，其元音脫落後輔音變為內破音〔T〕，成為促
音，例如〔seT〕（セッ→咳）、〔kuT〕（クッ→口）、〔kaT〕（カッ
←勝つ）。當ギ・グ・ニ・ヌ・ブ・ミ・ム出現在詞尾時，其元音脫
落後輔音成為撥音，例如〔min〕（ミン→右）、〔tʃin〕（ツン→注
ぐ）；③長音、促音、撥音不清晰；④ラ行音變為ダ行音，例如"ダ
イオン"（ライオン）。在語法方面：①形容詞的詞尾為「カ」；②
用「ヌ」「ノ」代替格助詞「を」。

(14)琉球方言

琉球方言也稱琉球語，早在奈良時代分枝於本州語言的中央語，
目前尚殘留著一些在本州語言中已經消失了的古代語現象。琉球方言
在地理上分為奄美方言（從奄美大島至與論島一帶）、沖繩方言（沖
繩本島及屬島）、先島方言（宮古・八重山）三種。其中奄美方言存
在的地域在行政區上屬於鹿兒島縣，但是與沖繩方言比較相近，而先
島方言與另外兩種方言的區別比較大一些。在琉球方言中，起代表作

—129—

用的語言是王朝時代的首里語（〝首里〞是琉球王朝時代王城的所在地，位於現在的那霸市）。首里語曾經是琉球的標準語，被廣泛使用。目前，那霸的方言成了琉球的代表性語言。

　　琉球方言的特點是多方面，在這裡例舉主要特點如下：

　　①元音只有〔a〕〔i〕〔u〕三個，在個別地區，如奄美、先島的部分地區可見中舌元音〔ï〕，而〔e〕〔o〕極其少見。琉球方言內部的元音與東京語的元音對照如下：

東　　京	i	e	a	o	u
奄　　美	i	ï	a	u	u
沖　　繩	i	i	a	u	u
宮　　古	ï	i	a	u	u
八 重 山	ï	i	a	u	u
與 那 國	i	i	a	u	u

　　②在奄美大島北部的佐仁方言中，ハ行輔音為〔P〕，例如〔pana〕（花・鼻）、〔pïra〕（へら）、〔punï〕（骨）等。在喜界島、與論島、沖繩本島北部、宮古、八重山等方言中也有這種現象。

　　③〔b〕在先島方言中，為ワ行輔音。例如〔burun〕（割る）；在與那國方言中為ヤ行輔音，例如〔dama〕（山）。

　　④琉球方言的聲調具有九州西南部方言的特點。

　　⑤動詞的終止形由連用形加「…居り」演變而形成，有兩種形式：

　　a.連用形＋居り〔例〕〔kakjuri〕（カチュリ）（書）

　　b.連用形＋居ル〔例〕〔kakjun〕（カチュン）（書）

⑥形容詞終止形由詞幹加「…さ有り」演變而來，也有兩種形式：

a. 詞幹＋サ有リ〔例〕〔takasari〕（タカサリ）（高）

b. 詞幹＋サ有ル〔例〕〔takasan〕（タカサン）（高）

以上動詞、形容詞的終止形，在沖繩方言中只有其b一種。

⑦句子結構上存在前後呼應的現象，相當於古日語的〝係り結び〟。

⑧動詞基本上是一種活用，採取類似於ラ行四段或ラ行變格的變化。例如：〔受く〕ウキラ（未然）、ウキー（連用）、ウキュン（終止）、ウキュル（連體）、ウキリ（假定）、ウキリ（命令）。

⑨形容詞的活用與動詞相似。例如：〔遠し〕トゥーサラ（未然）、トゥーサイ（連用）、トゥサン（終止）、トゥーサル（連體）、トゥーサク（假定）。

4. 方言的共同語化

語言與社會密切相關，社會生活的變化不可避免地引起語言的變化，在方言的共同語化問題上尤其如此。目前，日語方言仍存在很多種類，並且存在很大差別。但是，與江戶時代相比，不能不說方言的勢力已有很大減弱，方言差別已大幅度地縮小，方言向共同語化步步邁進。日語方言的共同語化是從明治維新以後開始的。特別是第二次世界大戰結束以後，共同語得到了迅速的普及。目前，在日本全國，共同語通行於整個社會，無論是在深山，還是在偏遠的小島，幾乎無人聽不懂共同語。在不同方言區裡生活的人，除了會講本地方言外，同時也都會講共同語。

明治以來，日語方言差異的縮小，共同語的普及，原因是多方面

的。歸納起來有以下幾個方面：①由於國家的統一，結束了封建割據的狀態，這為共同語的形成奠定了重要基礎。在國家統一以後，為了發展資本主義經濟、統一社會生活，日本政府曾經一度強行制定和推廣了標準語。由此雖然產生了一些消極影響，但對推動語言的共同語化發揮了一定的作用；②由於現代化工業發展的需要，農村人口大量擁入城市。這一方面削弱了本地方言，同時對城市方言也發揮了改造作用，使城市語言具備了較能為各地人所能接受的共同語的特點；③由於教育制度的改革，整個社會的教育水平大幅度提高，人們都得到了接受共同語、標準語教育的機會；④由於廣播、電視的普及，人們有機會更多地接觸共同語。據〝國民生活時間的調查〞表明，目前日本人平均每人每天收聽或收看廣播、電視四個小時，這對改變人們一直使用的本地語言無疑發揮了很大作用；⑤由於鐵路、公路、航海、航空現代交通工具的發達，加強了城市與農村及各地域之間的聯繫；同時由於生活水平的大幅度提高，人們有條件到各地旅行，這些對各地方言的相互接觸、方言差異的縮小發揮了不可估量的作用。

綜上所述，方言的共同語化是社會生活現代化推進的結果。語言在現代化社會的變化比歷史上的任何一個時期都快得多，這是社會發展的需要，也是歷史的必然。

整個社會的語言變化是由人的語言變化而產生的，而人的語言變化主要反映在不同年齡階層的人們之間，這是不言而喻的。在方言共同語化的過程中，青年人接受共同語比較快，中年人次之，而老年人則最遲緩。1970 年日本國立國語研究所曾經在福島縣北部地區進行過一次語言調查。其中一項，〝與本地朋友談及‘螳螂’時，稱之為什麼？〞其回答是：

	エボムス （本地方言）	カマキリ （共同語）	其　　它
二　十　歲	0%	100%	0%
四　十　歲	47%	52.6%	0%
六　十　歲	78%	10.5%	10.5%

　　由此可見，方言和共同語的使用在青年和老年人之間有明顯差異。

　　青年人的語言較大程度地接近共同語，其原因主要是接受學校教育的時間長，而受方言影響的機會較少。一個人的語言現狀如何，與他的出生地、青少年時期的生活環境和本人的學歷、職業有密切關係。出生在現代化社會的青少年從小受有一定文化教養的父母的語言感染，接受從小學到高中以至大學的系統教育。可以說，他們接受的共同語教育遠比受到的方言影響多。在各個不同年齡階層的人中，青年人的語言最富有生命力、影響力，青年人的語言現狀如何，對未來社會的語言有決定性的影響。

　　在方言共同語化的過程中，方言並沒有消失，它們仍在語言生活中起著作用。就目前情況來看，除了極少數的高齡老年人之外，一個人只能講方言，而不會講共同語的時代已經過去了。但是，無論在什麼場合都使用共同語的時代還沒有到來。就整個社會來講，方言的使用場合雖然在不斷地縮小，但還有它存在的地域；就一個人來講，絕大多數在能講共同語的同時，也能講方言。實際上，目前是方言和共同語的共存時期。

　　在方言和共同語同時存在的情況下，人們使用的語言往往是因場

合不同而有區別的。例如日本已故著名語言學家金田一京助出生於岩手縣，他在世時，在講演時或在大學的課堂上使用共同語，而在家裡說話卻用方言；又如鹿兒島縣出身的某一代議士，他在東京作講演或在國會上發言時使用共同語，而在回到鹿兒島一帶演說時，卻使用鹿兒島方言。一個人可能根據說話的地點、談話的對象不同，時而使用共同語，時而使用方言。以上兩個例子絕不是特殊現象，而具有普遍性。人們在公開場合、或對陌生人、外地人常常使用共同語，因為這樣顯得有禮貌；而在家中、或對熟人、同鄉談話時習慣使用方言，因為這樣顯得更親近。1976 年有人在沖繩縣中部地區以高中生為對象，進行了一次方言和共同語的使用情況調查（≪圖說日本語≫角川書店），得到不同場合共同語的使用率是：在家裡使用 20.9%，在朋友之間使用 35.5％，在附近的小賣店使用 59.1％，在課堂上使用 84.5%，在百貨商店使用 88.2%，在城鎮辦事處使用 93.6%。沖繩在日本是邊遠地區，方言的勢力比較大，如果在內地，共同語的使用率可能還會高一些。

第四章
日語的歷史變遷與理論研究

第一節　日語的歷史變化及特點

1. 日語史及時代劃分

　　語言隨著時間的推移不斷變化。這種變化表現在詞的發音、形態以及詞意等多方面。比如説，日語的 "梅"（うめ）、"馬"（うま）在某個時期曾發音為 "むめ"、"むま"；現代日語的形容詞 "美しい"（うつく）在古日語中的詞形是 "美し"；而 "やがて" 在過去曾經是 "そのまま"、"すぐに" 的意思，與現在有明顯區別。

　　語言的變化有其獨自的特點，有時舒緩，有時激烈。根據變化的特點，從歷史的角度可以把語言劃分為不同時期，對日語來説，就是日語史的時代劃分。

　　通過文獻史料，日語的歷史最早可以追溯到推古朝（593～626）年。這以前，特別是在三世紀漢字傳入日本以前的情況目前還不清楚。從推古朝到奈良時代末期，日本文化處於較低的水平，還是與大陸剛剛接觸，學習中國文字，即中國文化的時代。這一時期的語言叫做 "古代前期" 日語。平安時代，其前期和後期的語言有所不同，但一般習慣上把它看成是一個整體階段，叫做 "古代後期" 日語。從平安時代向鎌倉時代過渡期間，日本武士階級的勢力開始抬頭，到南北朝

時代（1336～1392年）平民意識增強，一直被卑視為俗語的語言引起了重視，到室町時代，出現了很多用俗語（口語）記載的文獻。因此，以南北朝時代為中心，包括鎌倉時代和室町時代的這一時期，日語發生了巨大變化，合在一起叫做〝中世〞。在日語史上，這一時期是由古代向近代過渡的轉折點，即是由古代向近代轉化的時期。1603年，德川家康把幕府設在江戶之後，江戶成了日本政治、文化的中心，江戶的方言開始發生質的變化，在日語中占了優勢。在日語史上，把江戶時代的語言稱為〝近世〞日語。自明治維新開始，到現在叫做〝近・現代〞。在這一百年間，日語的變化十分顯著。特別是第二次世界大戰以後，隨著整個社會的變革，語言生活以及語言實體都與前期有很大不同。

　　所以，日語史可以劃分為：①古代前期（奈良時代）、②古代後期（平安時代）、③中世（鎌倉・室町時代）、④近世（江戶時代）、⑤近・現代（明治・大正・昭和時代）等五個階段。語言的歷史是連貫的，往往不能用時代劃分的方法截然斷開。因此，這種劃分並不能說十分科學，但是，為了了解各個時期的語言，大致上進行一下劃分也是必要的。

2. 古代前期的日語

　　古代前期的日語也叫做〝奈良時代語〞、〝上代語〞或〝上古語〞等，主要指推古朝和奈良時代（710～794年）的語言，這以前的語言可以稱為原始日語。古代前期的日語以建都於奈良時的奈良時代為中心，以大和地區（奈良）的異族語言為主要內容。這一時期，方言的差異已經很明顯，如通過≪萬葉集≫中的東歌和防人歌可以得知東國（關西以東地區）語的情況。可想而知，現代日語東西兩大方言的

對立狀態是由來已久的。另外，語言上的男女性差別已經有所出現，反映身分地位的敬語已相當發達。在這一時期，漢語對日語的影響還不大，書面語和口語的差別也不明顯。

語音特點：

通過對〝萬葉假名〞的研究，在古代前期的日語中，存在著一種現在已經消失了的特殊假名用法（上代特殊かなづかい）。這種用法把ア行的イ・エ・オ和ワ行的イ（ヰ）・エ（ヱ）・ヲ區別開來寫，證明日語當時有八個元音（〔a〕〔i〕〔ï〕〔u〕〔e〕〔ë〕〔o〕〔ö〕）。在≪萬葉集≫中，還把相當於エ・キ・ケ・コ・ソ・ト・ノ・ヒ・ヘ・ミ・メ・ヨ・ロ十三個清音，ギ・ゲ・ゴ・ゾ・ド・ビ・ベ七個濁音音節分別用兩種假名（萬葉假名）寫。例如，〝子〞這個詞使用〝古〞〝故〞〝姑〞〝孤〞表音，而〝此〞則用〝許〞〝虛〞〝挙〞〝去〞等字表音，二者不能混同。這是由於在當時不同場合的〝こ〞發音不同。在≪古事記≫中除以上十三個音節外，〝モ〞也是使用兩個假名，可以考慮為有區別的音節。≪萬葉集≫中共使用八十七個不同音節，≪古事記≫中共使用八十八個不同音節。當時音節的實際發音與現代日語並不完全一致，比如現代日語的〔tʃi〕（チ）、〔ʒi〕（ヂ），在當時是〔ti〕、〔di〕。從音節結構上看，音節必須以元音結尾（即開音節），元音不連續出現，ラ行音和濁音不出現在音節的開頭處。

文字特點：

據≪記・紀≫記載，漢字於三世紀傳入日本。到這一時期，日本人開始使用漢字，並且發明了日本式的使用方法，例如他們不光利用漢字的表義性能，而且還利用漢字表音，以此來表達日語。在奈良時代末期，產生了用於表音的〝萬葉假名〞，並漸漸地得到了普及。據

說在漢字傳入日本以前，日本曾有一種〝神代文字〞，但目前在學術界已經完全否定。

詞彙特點：

這一時期，日語基本詞彙的音節較少，很多詞由一、兩個音節構成，一個詞所包含的意思也較多。因此，以詞和詞的復合產生新詞的現象較多，把動詞作名詞用，或把名詞做動詞使用的現象也很多。同時也出現了以加接頭辭、接尾辭的方法創造新詞的現象。另外，漢語詞彙在當時雖被認為是外來語，但已開始進入日常日語。同時少量的朝鮮語詞、梵語詞等也通過漢語的佛典傳入了日語。

語法特點：

當時動詞的活用有八個種類，沒有下一段活用。形容詞的活用也與後來的不同，如採用〝恋しけむ〞〝恋しけば〞〝恋しけど〞的形式活用，已然形不發達，沒有一個較明確的形式。〝こそ〞接於連體形。當時還存在一些很多後代見不到的助詞（如：い、つ、ゆ等）和助動詞（如：ゆ、らゆ、ましじ等）。

文章特點：

日本最初的文章是〝純漢文〞體，這種文體在≪日本書紀≫、各種〝風土記〞以及其它公文中均可以看到。由於完全採用漢文的形式記述日語很不方便，於是產生了〝變體漢文〞，也叫〝和化漢文〞，它在某種程度上考慮了日語的詞序和語法習慣。這種文體在≪古事記≫中可見。為力求忠實地表達日語，把〝變體漢文〞進一步日本化的是〝宣命體〞。由於常見於詔敕、祈禱文而得名。其次出現的是在≪記·紀≫歌謠和≪萬葉集≫中可見的使用〝萬葉假名〞的〝假名文體〞。

3. 古代後期的日語

古代後期的日語也叫〝中古語〞，主要指遷都京都的 794 年到 1084 年約三百年間的語言。這一時期的初期，在文學方面是漢文學的全盛時期，男性幾乎全都使用漢文，形成了語調強硬的男性語特點。後期，假名文字形成以後，女性文學興起，又產生了感情色彩豐富的女性語的特點。現代日語中男性用語和女性用語的差別最早產生於這個時代。在這一時期，書面語和口語的差別很小，因此，現在常常把當時的書面語看做文語的標準。

語音特點：

進入平安時代以後，元音〔i〕和〔ï〕、〔e〕和〔ë〕、〔o〕和〔ö〕分別變成了一種，元音成了五個。出現了前一時期沒有的撥音、促音和拗音，同時還先後出現了〝イ音便〞〝ウ音便〞〝撥音便〞和〝促音便〞。由於音便的產生，出現了元音連續出現的現象（例如〝泣きて〞變成了〝泣いて〞）。同時，ラ行音和濁音開始在音節的開頭處出現，並出現了閉音節。從平安中期開始，在詞中或詞尾，明顯地出現了ハ行音轉化為ワ行音的現象，並在詞頭出現了オ和ヲ的混用。

文字特點：

出現了日本人創造的所謂〝國字〞（日本式漢字）。古代前期的萬葉假名逐漸被淘汰，數量和用法均受到了限制。同時，由漢字的草體和漢字的偏旁部首演變成的平假名的片假名做為表音文字形成，由此產生了漢字假名的混合文體。

詞彙特點：

漢語詞彙的數量不斷增加，使用範圍也不斷擴大，在日語中開始

處於優勢地位。同時，漢語詞彙開始被日語同化，如出現了以漢語為基幹創造出來的動詞（〝奏す〟、〝艶だつ〟等）、形容（動）詞（〝執念し〟、〝優なり〟等）、副詞（〝猛に〟）由形容動詞〝猛〟的連用形變來的等活用詞。

語法特點：

古代前期的下二段活用動詞變成了下一段活用，為此動詞的活用種類增加一個，即成了四段、上二段、下二段、上一段、下一段，ラ行變格、ナ行變格、サ行變格、カ行變格九種。現在的文語語法就是以這個時期的語言為標準的。就每個動詞來看，在活用方法上有的發生了變化，明顯的是四段活用向二段活用轉化。在形容詞方面，出現了由連用形〝く〟加〝に〟產生的補助活用（カリ活用）；已然形〝一けれ〟固定，用於與〝こそ〟的相接。至此，形容詞具備了典型的文語形態。另外，形容動詞的成立也是這一時期的特點之一。

文章特點：

〝純漢文體〟在有教養的男性中間仍廣泛使用，常用於詩文、日記、公文等。同時，由於以漢字為母體的假名文字的產生，新出現了以平假名為主夾雜漢字的〝和文體〟，如≪竹取物語≫、≪源氏物語≫、≪枕草子≫、≪土佐日記≫、≪蜻蛉日記≫等。同時也出現了≪今昔物語集≫式的以漢字為主夾雜著片假名的文體。

4. 中世的日語

從1086年到1603年，即政院鎌倉、南北朝、室町、安土桃山時期的日語叫做〝中世語〟。這一時期是古代語向近代語轉化的過渡期。其中政院鎌倉時代的語言存在著嚴重的中古語的影響，而室町到安土桃山時代的語言，明顯地脫離了中古語，具有濃厚的近代語性格。

總體來説、歷史上的這個時期是保守和革新的對立時代。這種對立的影響也表現在語言上，書面語和口語的對立出現，並日趨嚴重，最後終於分道揚鑣。特別是在這一階段的後期，伴隨著混亂的社會形勢，以語音為中心，口語的變化異常劇烈。

語音特點：

這一時期的語音變化很大。例如，〝チ〞、〝ツ〞、〝ヂ〞、〝ヅ〞在鐮倉時代以前的發音是ティ〔ti〕、トゥ〔tu〕、ディ〔di〕、ドゥ〔du〕，從室町時代開始變成了〔tʃi〕、〔tsu〕、〔dʒi〕、〔dzu〕。為此，稱為〝四假名〞（四つ仮名）的〝ジ〞〔ʒi〕和〝ヂ〞〔dʒi〕、〝ズ〞〔zi〕和〝ヅ〞〔dzu〕在發音上開始混同了。ハ行子音在以前是〔F〕和〔f〕，到了中世後期變成了〔h〕音。另外，〔au〕、〔ou〕、〔eu〕等雙重元音變成了長元音〔ɔ：〕（開）或〔o：〕（合）；撥音、促音出現得極為頻繁；並出現了〝三位〞〝因緣〞〝屈惑〞等〝連聲〞現象（即接〔m〕〔n〕〔t〕後面的ア行、ヤ行、ワ行音分別變成マ行、ナ行、タ行音的現象），和〝進退〞、〝歡喜〞等〝連濁〞現象（即在兩詞復合時，後項首部輔音產生的有聲化現象）等新的語音現象。同時，在這一時期很明顯地出現了實際發音和假名不一致的現象，假名的使用初次成為問題。

詞彙特點：

在中世，漢語詞彙通過禪宗僧侶繼續傳入日語，並且，〝行脚〞、〝羊羹〞這樣的唐音漢語詞彙開始出現。另外，在這一時期，日本初次接觸歐洲語言，以葡萄牙語為中心的外來語開始傳入日語。

語法特點：

語法方面變化最大的動詞的活用，例如，ナ行變格活用和ラ行變格活用出現了向四段活用轉化的傾向，同時二段活用也開始向一段活

用轉化。另外，在古語中產生的動詞音便形逐漸趨於穩定，成了一般現象。動詞以外的詞類有如下變化：形容詞的ク活用和シク活用的區別消失，變成了一種；出現了否定助動詞〝ない〞；出現了指定助動詞〝だ〞（關東）和〝ぢゃ〞（關西）的對立等等。在句子結構方面，古代日語原則上不使用主格助詞，如〝鳥啼く〞。從這個時期開始，主格開始應用，如〝鳥が啼く〞。

文章特點：

這一時期的代表性文體是〝和漢混合文〞，代表性作品有≪平家物語≫、≪方丈記≫等。同時也有〝和文〞（≪お伽草子≫）、〝變體漢文〞（≪吾妻鏡≫）、〝純漢文〞等。另外，出現了獨特的書信文體〝候文〞和口語文。

5. 近世的日語

近世的日語指從1603年至1867年江戶時代的語言，也叫做〝近世語〞。近世語可以以寶曆年間（1751～1764年）為界分為二個時期，前期以京都、大阪為中心的語言占優勢，稱為〝上方語〞，後期又以江戶為中心的語言占據優勢，稱為〝江戶語〞。縱觀日語的變化，這個階段可以說是二元對立的時代，即文語與口語的對立，上方語與江戶語的對立，武士階級語言與商人階級語言的對立等。總之，這是保守勢力或者說是舊勢力與新勢力的對立。因此，當時的人們在這種對立之中，常常是不得不使用雙重語言。這是這個階段日語的總特點。

語音特點：

在近世期，元音エ・オ由〔je〕〔wo〕變成了〔e〕〔o〕、合拗音〝クヮ〞〝グヮ〞變成了直音〝カ〞和〝ガ〞、オ段長音的開（

〔ɔ:〕）合（〔o:〕）區別消失。出現了拗音〝シュ〞〝ジュ〞發音為直音〝シ〞〝ジ〞的傾向；ハ行子音除〝フ〞外，都明確地變成了〔h〕音；〝ジ〞和〝ヂ〞、〝ズ〞和〝ヅ〞完全混同。另外，原來江戶語中的雙重元音〝アイ〞〝アェ〞變成了長元音〝エー〞；出現在詞中詞尾的ガ行濁音，開始發音為鼻濁音〔ŋ〕，等等。

詞彙特點：

由於幕府實行以漢學為中心的文教政策，一般民眾接觸漢語的機會增多，漢語的實用性詞彙和佛教用語等在日常生活中大量出現。並且漢字或漢語語彙的通俗用法擴大，出現了大量的借字詞等。同時，這一時期以江戶為中心，開始大量地吸收歐洲語言的詞彙，除葡萄牙語外，荷蘭語等也傳入日語。另外，由於嚴格的士農工商封建等級制度的建立，對語言也產生了很大影響。這一時期在不同階級、階層、不同職業以及男女之間、不同年齡層次的人之間出現了很明顯的語言差別。

語法特點：

在江戶時代，ナ行變格動詞的四段化活用和二段活用動詞的一段化活用已經普遍化，在以一字漢語為詞幹的サ變動詞話用詞中，出現了四段和上一段活用兩類。動詞詞尾變化趨於簡單，出現了多用助動詞和補助動詞的傾向。在形容詞方面，連用形在上方語中為〝ウ音便〞，在江戶語中為〝ク〞形，但在接〝ございます〞〝存じます〞時一般都使用〝ウ音便〞形。在助動詞方面，江戶語多使用指定助動詞的〝だ〞、否定助動詞的〝ない〞和否定過去形的〝なかった〞，而上方語則較多地使多〝ちゃ〞〝ぬ〞〝なんだ〞等，出現了江戶語和上方語嚴重對立的現象。另外，明顯地出現了多種不規則的敬語表現形式。

文章特點：

　"和漢混合文"仍占優勢，但是漸漸地出現了以江戶文學家為代表的色彩濃重的口語文體。同時，一部分漢學者和文化教養較高的男子仍然使用"純漢文"和"變體漢文"。

6. 近‧現代的日語

　近代一般指明治元年（1868 年）到第二次世界大戰結束（1945年）的近八十年；現代指第二次大戰結束後的時代。因此，近‧現代日語就是自明治維新到現在的日本的語言。這個時代的日語以東京語為中心，具有多樣性的特點，如存在共同語、方言、書面語、口語、以及產生於不同階層和職業的特殊詞彙和學術用語等等。總體看來，由於明治二十年代的"言文一致"運動，口語體的文學作品開始普及。明治三十年代以來，由於普及了國語教育，報紙、雜誌的大量發行，收音機、電視的出現等多方面因素的影響，語言趨於一致和標準化。就目前來看，近世語言的二元化對立現象已經開始消失。特別是共同語和方言、書面語和口語之間的對立現象處於逐年減弱的狀態。在這裡，以明治後的東京語為中心，介紹近‧現代日語的一些情況。

語音特點：

　在語音方面，基本上是原封不動地保留了近世時期江戶語的特點，沒有特殊變化。不過，在大量吸收外來詞的同時，日語中出現了一些ファ、フェ、フォ、ティ、ヴァ等外來語音。在與語音有關的假名方面，出現了對以前的"歷史假名用法"的批判，並經過多種改正意見後，於 1946 年制定了以表音為目的的"現代假名用法"。

文字特點：

　前期尊重漢字的風氣仍然很強。但自 1873 年福澤諭吉的《文字

之教≫意見發表之後，關於限制漢字的意見不斷出現。1946年制定了〝當用漢字表〞（1850字），漢字的使用受到了限制，對字體、音訓、用法等也進行了大幅度的整理。1981年又制定、公布了〝常用漢字表〞，規定常用漢字為1945個。

詞彙特點：

漢語詞彙原則上仍占優勢。特別是在明治維新前後，出於接受新事物、新思想的需要，在日本產生了大量的漢語新詞。在同一時期，由於歐化主義的影響，日語從英語、德語、法語、意大利語、俄語中也吸收了大量的外來語。其中英語占絶大多數，其次是法語。在大量吸收外來語的同時，日本人在使用中還創造了很多日本式外來語。目前外來語大有泛濫的趨勢。另外，在這個時期還產生了大量的流行語。不過，流行語的壽命不長，大多是邊出現，邊消失，留下的不多。

語法特點：

從整體上看，語法與前期的江戶語沒有根本性變化。但由於社會體制和生活方式的改變，以及西方語言的影響，出現了一些新現象或傾向。例如，在敬語方面，敬體助動詞〝です〞〝ます〞開始廣泛使用，〝であります〞〝でございます〞也開始頻繁地出現在口語文和講演體文章中。這些成分在江戶時代都是藝界的女性語。在動詞的活用方面，五段動詞用可能助動詞〝れる〞表示可能的現象減弱，代之以可能動詞，如〝書かれる〞變成了〝書ける〞等。最近，在五段以外的動詞中也出現了所謂的可能動詞，如〝見れる〞〝起きれる〞，這是一種新傾向。另外，被動助動詞使用的多了。由於出現了專門表示推量的助動詞〝だろう〞，推量助動詞〝う・よう〞現在已經很少表示推量，而只表示意志了。其它方面，由於受西方語言的影響，出現了一些翻譯體的表達方式，如〝彼の描いたところの絵〞的〝～す

るところの″形式、″現実的″″文学的″的加″的″的形式等。並
且出現了把被動態用於非生物的現象（如″花が飾られてあった″等
怯。副詞的呼應規則也發生了一些變化，如出現了″全然すばらしい
″″ちっとも平気だ″之類的説法。這些都是江戸語中所沒有的新現
象。

文章特點：

　　進入明治時代以後，除極特殊的情況外，″純漢文″文體已不再
使用，″和漢混合文″使用的範圍也大幅度地縮小了。取而代之的是
漢文訓讀調很強的″明治普通文″，常用於論説、小説以及教科書，
應用範圍很廣。但在″言文一致″運動的影響下，出現了″口語文″
的小説，如≪浮雲≫、≪夏木立≫等，後來這種口語文迅速普及，成
為現代最基本的文體形式。

第二節　日語的研究史

1. 時代劃分

　　日本語學在日本叫做″國語學″。日本人對本國語言的認識及由
此產生的″國語觀″，大致最早始於奈良時代。這種認識在當時雖然
很模糊，但經過長期的變化和發展，一直持續到今天，形成了日本語
學。在日本明治二十年代以後，″國語學″做為社會科學的一個領域
得到承認。在這裡，從″國語史″的角度，通過各時期的代表人物和
業績，著重介紹日語研究情況。

　　在探討日語研究史（一般叫國語學史）時，一般也要劃分為幾個
階段或時代來考慮。時代的劃分，有多種不同的方法，如保科孝一的

≪國語學小史≫，把國語學史劃分為五個階段，即契沖以前的時代，國語學勃興時代（從契沖到宣長），國語學隆盛時代（宣長以後到守部），國語學微衰時代（守部以後到明治十九年）和明治十九年以後（大學設語言學科之後）。

在日語的研究史上，契沖的出現和明治時代是兩個重要的轉折點。因為，由於契沖的出現，日本語學的研究才開始具備科學研究的特點；而在進入明治時代之後（嚴密地說是明治十九年在大學設立語言學科之後）日本語學研究才擴大了視野，開始具備了現代語言研究的特點。因此，在這裡我們以這兩個轉折點為依據，把日本語學研究史分為三個階段，即：

第一期　契沖出現以前
第二期　契沖出現後到江戶末期
第三期　明治時代以後

2. 契沖出現以前

日本人的語言意識可以說是以言靈信仰的形式開始的，後來由於佛教的傳入，主要通過經典對漢語、梵語的接觸，日本人才對本國的語言產生了自我意識。後來，出於讀解古典文獻和創作和歌的需要，以古語和現行語言的對比形式，展開了這一時期的國語研究。

在奈良時代，語言的中心問題是如何把借來的漢字變成自己的語言文字，應用於日語。為此做出了極大的努力。在這個時代利用漢字的表音性能創造出來的〝萬葉假名〞，可以說就是所做努力的一個重要結果。另外，從所謂〝宣命體〞的寫法來看，後來的〝てにをは〞意識，以及關於詞類的古代語法意識在這一時代已經出現，但是並沒有出現明顯的成績。

進入平安時代以後，對漢字的研究得到了進一步發展。先後出現了以標示漢字正確音訓為主的僧侶昌住（生卒年不詳）著的≪新撰字鏡≫（892～901年）、和源順（911～983年）著的以給漢字漢語標注和訓和釋義為目的的≪倭名類聚抄≫（934年）等字典。後來在十二世紀初又出現了和漢字典≪類聚名義抄≫（作者不詳）和橘忠兼的≪色葉字類抄≫（1144～1181年）等國語辭典。這些成果經過鐮倉時代的≪字鏡集≫（十三世紀中葉、傳菅原為長著）、≪平他字類抄≫（十四世紀末、著者不詳）後，被室町時代的≪節用集≫所繼承。另一方面，出於把萬葉假名變成更有實用性文字的需要，九世紀前後產生了平假名和片假名，至此日本有了獨自的音節文字。並且，通過對假名的整理，於九世紀末產生了〝五十音圖〞。〝五十音圖〞的成立，接受了當時在僧侶中很盛行的〝悉曇〞（古代印度語）學的影響。另外，大約在平安初期產生了〝天地詞〞（あめつちの詞）和〝伊呂波歌〞（いろは歌），其中包括了當時日語的所有音節，做為語言練習用在當時相當普及。這都是研究當時日語基本音節的寶貴資料。特別值得注意的是在〝天地詞〞中〝エ〞字出現兩次，可以證明當時〝エ〞音有〔e〕和〔je〕兩種。

在平安時代成為宮廷文藝中心的和歌，到後世一直保持著優勢地位。但是隨著時代的推移，≪萬葉集≫、≪古今集≫漸漸地成了歌道的源流而得到人們的崇敬，並帶來了平安末期歌學的興隆。在日語研究方面，以十二世紀初藤原仲實（1119年卒）著的≪綺語抄≫為首，出現了藤原范兼（1165年卒）著的≪和歌童蒙抄≫、顯昭（1130～？）著的≪袖中抄≫等幾種釋詞書。進入鐮倉時代後，又出現了仙覺的≪萬葉集注釋≫、卜部兼方的≪釋日本紀≫等注釋書。歌學的這種興隆促進了早已有所意識的〝てにをは〞（包括助詞、助動詞等語法內容）

的綜合性研究，這方面的代表性成果是順德院的≪八雲御抄≫、和鎌倉末期或室町初期由多人作的≪手爾葉大概抄≫。特別是後者對和歌中使用的〝てにをは〞的用法進行分類解説，對其呼應規律給予了簡要的闡述，這是〝てにをは〞研究的最早成果，引人關注，在日語研究史上具有很重要的意義。

　　大致在平安中期以後，人們開始清楚地意識到了假名用法的問題。在鎌倉時代初期，藤原定家（1162～1241年）為了糾正假名使用上的混亂，制定了〝定家假名用法〞。室町時代的〝定家假名用法〞，由於行阿（生卒年不詳，約1363年以後）的≪假名文字用法≫的出現，在歌人、連歌師中間成了假名使用的標準。但是，因為存在實際發音和寫法的不一致現象，後來對此出現了嚴重的贊否對立局面。

　　從歌學的角度，〝てにをは〞的性格得到了明確，並且產生了不十分清晰的詞類分類和活用意識。在藤原為顯的≪竹園抄≫中，把詞分為〝てにをはの字〞（助詞）、〝物の名〞（名詞）、〝詞〞（指用言）三類；在一條良基的≪後普光園院抄≫中，提出了〝うやまふ・うやまひ・うやまへ〞和〝消え・消ゆ〞等活用形等。

3. 契沖出現後到江戶末期

　　前一時期〝五十音圖〞、〝定家假名用法〞的出現，以及對〝てにをは〞的初步認識，是日語研究的萌芽，奠定了日本語學研究的基礎。但是，這些成果都是出於理解、學習語言而產生的實用性的歸納，並不是科學的研究。在前期基礎上，以客觀的近代科學方法開闢了日語研究，是從江戶元祿期的契沖（1640～1701年）開始的。契沖學識淵博，通過對古文獻的研究，取得了非凡的成果。在日本語學方面，他的最大功績是通過所著的≪和字正濫抄≫（1695年）糾正了

"定家假名用法"的錯誤，確立了"歷史假名用法"的基礎，開闢了語法研究的新階段。他的這一研究在當時的學術界引起了很大的反響，其中出現了≪倭字古今通例全書≫（橘成員著）等來自"定家假名用法"立場的批判，也有≪古言梯≫（楫取魚彥著）這樣追隨契沖的力作。同時，還出現了上田秋成（1734～1809年）自由主義的假名用法論等。

在這一時期的日本語學研究中，以古典研究為主流，出現了以荷田春滿（1669～1736年）、賀茂真淵（1697～1769年）、本居宣長（1730～1801年）、平田篤胤（1776～1843年）四大人物為首的很多學者。荷田春滿發表了≪萬葉集僻案抄≫等很多注釋書。他在日語研究方面沒有特別令人矚目的業績，但對後來的研究發揮了很大的引導作用。賀茂真淵是荷田春滿的學生，他發表了稱為五意的≪國意≫、≪歌意≫、≪文意≫、≪語意≫、≪書意≫一系列著作，其中≪語意≫（1769年）反映了他語學研究的全貌，令人關注。他還著有≪冠詞考≫等，對注釋研究也有相當精密的創見，特別是對本居宣長的影響很大。本居宣長是在契沖和賀茂真淵的直接影響下開始工作的。他的研究範圍及其廣泛，在日本語學研究方面特別引人注目的是"てにをは"的研究和音韻、字音的研究等領域。主要著作有≪てにをは紐鏡≫、≪詞玉緒≫、≪御國詞活用抄≫、≪字音假字用格≫、≪漢字三音考≫等。由於他的研究多是沒人開發的新領域，所以在後來需要補正的地方也很多。但是，他的研究本身具有很高的價值，特別是對後來的多方面研究，起到了積極的引導作用，在日本語學史方面，至今還沒有可以與他並駕齊驅的人。平田篤胤在≪神字日文傳≫中主張，在漢字傳入之前日本存在神代文字，並在≪古史本辭經≫中提出了音義說的想法。但都只不過是主觀性的主張，學術價值很小。

除以上四人之外，當時的研究成果還有≪物類稱呼≫（越谷吾山、1717～1787年）的方言研究、≪插頭抄≫、≪韓結抄≫（富士谷成章、1738～1779年）的以詞類分類為中心的研究、≪雅語音聲考≫（鈴木朖、1764～1837年）的語言起源的研究、≪語言四種論≫、≪活語斷續譜≫（同上）的詞的分類和活用的研究、≪詞八衢≫、≪詞通路≫（本居春庭、1763～1828年）的活用研究、≪活語指南≫（東條義門、1768～1843年）等的系統活用的研究、≪假字本末≫（伴信友、1773～1848年）的文字研究等等。總之，這個時期的研究領域廣闊，各有不同的特點。其中以東條義門為代表的關於活用的研究，在當時是進展最明顯的領域。

另外，還出現了正式的日語辭書，如石川雅望（1753～1830年）的≪雅言集覽≫、太田全齋（1759～1829年）的≪俚言集覽≫等。與前期相比，這一時期的日語研究出現了突出的進展，同時在內容上也極大地充實起來了。

4. 明治時代以後

前期的日語研究基本上都是由文學研究者，通過對古典文學作品的研究開展起來的。雖然取得了相當大的進展，但是，由於完全是基於古代和歌的表現形式和內容產生的日本式學問，在日語觀或方法論方面仍有很大的局限性。進入明治時期以後，由於接受了西方語言研究的影響，研究的對象擴大到了整個日語，彌補了以前的不足。在日本傳統語學的研究成果與西方語言研究的結合上，確立了以平安時代的語法為基礎的文言語法，其代表性的著作是大槻文彥（1847～1928年）的≪廣日本文典≫（1897年）。這在日語研究史上是個劃時代的產物，受其啓發，日語研究出現了空前的活躍局面。

在≪廣日本文典≫之後，出現的代表性著作有：山田孝雄的≪日本文法論≫、≪日本文法學概論≫、橋本進吉的≪國語法要説≫、≪新文典別記≫，時枝誠記的≪日本文法口語篇≫、≪日本文法文語篇≫等，構成了明治後日語研究的主流。其中時枝誠記的兩篇著作是基於他的主要著作≪國語學原論≫和≪國語學原論續篇≫展開的〝語言過程説〞建立起的完全獨特的語法學説。

除此之外，在這個時期還有山田孝雄、岡田正美、岡澤鉦次郎等的語言理論性（心理、論理）研究；以山田孝雄的研究為基礎的語法史的研究；大槻文彦、松下大三郎、金井保三、石川倉次、佐久間鼎、三尾砂等的口語法研究；佐久間鼎、神保格、有坂秀世、金田一春彦等的以聲調為中心的音韻論的研究；由柳田國男、東條操等開創的國立國語研究所的方言研究；山田孝雄、湯澤幸吉郎等的日語史的研究；言澤莊三部、小倉新平、金田一京助等的日語系統論的研究；龜田次郎、安藤正次、時枝誠記等的日語綜合研究；大矢透、春日政治、中田祝夫、筑島裕等的〝訓點語〞的研究等。日語各個新領域的研究十分活躍。

戰後日語研究的主要成果還有三上章的≪現代語法序説≫和≪現代語法新説≫、森重敏的≪日本文法通論≫、渡邊實的≪國語構文論≫、宮地裕的≪文論≫、井上和子的≪變形文法與日本語≫、奧津敬一郎的≪生成日本文法論—名詞句的構造—≫等。

在國語政策方面，明治維新前後出現了諸多提議，總括起來有①漢字廢除論、假名專用論（前島密、清水卯三郎、外山正一等）；②羅馬字使用論（南部義籌、西周、矢田部良吉、田中館愛橘等）；③漢字限制論（福澤諭吉、矢野文雄等）等。並展開了各種改革運動。明治政府為了加強中央集權化、制定標準語，於明治三十五年組建了

以上田萬年為首的國語調查會，調查假名文字和羅馬字的使用現狀、日語的音韻結構、方言狀況等，為日本語學的研究作出了貢獻。進入昭和以後，特別是戰後，國語政策得到了進一步的落實，先後制定了〝當用漢字表〞、〝現代假名用法〞、〝羅馬字拼寫法〞、〝送假名的標注方法〞和〝常用漢字表〞等。1948年，日本成立了國立國語研究所，對日語問題展開了各種調查和研究。

第三節　近代日語語法學説

1. 近代日語語法研究

明治維新以後，日本進入了歷史上最大的一個變革時期。日本積極地攝取歐美文明和文化，這不可避免地給日語的語法研究帶來了影響。由於西方語法研究的影響，日語語法研究的方向性問題在一定程度上得到了明確，但在硬搬西方語法理論的同時，也產生了多種弊端。可以説，明治以後的語法研究，是在不斷地修正、充實的基礎上，進一步接近日本本質的過程。

日語研究接受很多西方的影響。其中首先接受的是〝文法〞（語法）這個概念。〝文法〞這個詞，在江戶時期本來是做為文章修辭法的意思使用的。從江戶末期開始，西方語言學者把〝語法〞〝文法〞這樣的詞用來解釋日語詞的分類，以及由此產生的句子結構等。從這時起，〝文法〞具備了把詞分歸於各自的種類，進而弄清構成句子規則的意義。其次是根據西方資料，意識到了〝文法〞書的結構，即把〝音聲論〞〝品詞論〞〝文章論〞納入了〝文法〞的領域。再次是語言研究的對象不僅限於古文，而擴大到了當時的日用語言。就是説，

語法做為日用語言的規範的性格增強了。

明治後的語言研究，或者說明治到大正時代的日語研究，根據研究者的特點，可以分為四個流派。第一類是西方人的日語研究者。其中包括以翻譯為目的學習日語的人、做為外交官來日本的人、以及以其它目的來日本的西方人。他們在學習日語的過程中，對研究日語產生了興趣。他們的研究以能够用日語講話、能讀會寫日語為目的，並且用西方語言學觀點解釋或解答日語問題。因此他們的研究課題和方法與日本人以前的日語研究有明顯不同。這一類的代表人物有霍夫曼、阿斯頓、張伯倫和黑本等。第二類是研究西方問題的日本學者家庭出身的研究者。由於受江戶以來的西方科學的影響，在對西方科學有興趣的學者中，出現了力圖客觀地分析日語的人。其代表人物是大槻文彥。第三類是從年輕時代始持鞭任教、以獨自的設想從事日語研究的人。他們沒有在大學學習過，但在日語研究上卻做出了很大成績。其代表人物有大矢透、山田孝雄等。第四類是在國立大學學習過語言學的人們。他們具有日本人的氣質，接受的基本教育和世界觀是儒學的，學問的基礎是漢學，但卻是立志於學習西方，把西方的科學、技術引進日本的人。他們對語言文字的看法、研究問題、理解問題的方法都是從西方語言學中學來的，並以西方語言學觀點看日語、研究日語。這些人有上田萬年、新村出、橋本進吉、金田一京助、東條操、時枝誠記等，是明治和大正時期日語研究的中心人物。

前面已經講到，到江戶末期為止，日本人的語法研究已經持續了很長時間，取得了很大進展。明治以後，在西方語言研究的影響下，日語語法研究又得到了新的發展，並出現了多種語法學說，奠定了現代日語語法研究的重要基礎。如著名的有大槻文彥學說、山田孝雄學說、松下大三郎學說、橋本進吉學說、時枝誠記學說等等。其中大槻

文彥被稱為近代日本語法的始祖，橋本進吉、時枝誠記和山田孝雄的研究成果被稱為日本三大語法學說。下面分別介紹一下明治以來日本語法研究方面的重要人物和學說特點。

2. 大槻文彥及其功績

　　大槻文彥（1847～1928年）出生於學者家庭，1870年在東京就學於大學南校，1872年就職於文部省，參加編輯英和辭書。之後到仙台任師範學校校長，後來又於1875年受召編寫日語辭典≪言海≫。≪言海≫的編寫工作先後持續了五十多年，在這其間他一直沒有間斷日本語法的研究工作。作為語法學家，大槻出版了≪廣日本文典≫、≪廣日本文典別記≫、≪口語法≫、≪口語法別記≫等著作，大槻語法是明治、大正時期日本語法的標準，在教育界廣為採用。回顧起來看，大槻文彥的功績主要有兩項：一是他編寫的≪言海≫，二是他的語法理論。

　　明治時代以前，日本已經出現辭書。但是一般都是漢字字典，或像≪節用集大全≫一樣的為了了解如何用漢字寫日語固有詞彙的字典。這些辭典無論在形式上還是內容上都不很適應日語學習和使用的需要。大槻文彥在編寫≪言海≫時，參考西方語言辭典，首先確立了發音、詞類、詞源、釋義這樣的體例，並按照這個方針，在對一個一個詞進行分析研究的基礎上開展編寫工作的。因此，≪言海≫與日本人以前編寫的辭典有根本性的不同，成為後來的日語辭典的範本，被廣泛承認。

　　大槻文彥很早對日語語法的研究就很感興趣。在編寫≪言海≫時，因為對所有的詞都要進行分類，所以這項工作也促進了他的語法研究，確立了他語法論的基礎。大槻語法以詞的研究為中心，其中還包

括文字、文章等方面的內容，但主要特點是詞的分類。大槻從語法學的角度，把詞分為名詞、動詞、形容詞、助動詞、副詞、接續詞、てにをは（助詞）、感動詞八類，對接頭詞、接尾詞也有所涉及。

大槻語法是在吸收江戶以前的語法研究成果和西方的語法研究特點的基礎上建立起來的，具有古為今用，洋為土用的特點。因此人們認為大槻創建了日本近代語法的體系，被譽為近代日本語法的先驅，其語法理論具有不可否認的價值。

3. 山田及其語法理論

山田孝雄（1875～1958 年）生於一般武士家庭，1888 年於富山縣尋常中學一年級中途退學，後歷任小學教員、中學教員。由於在太平洋戰爭中發表了《平田篤胤》、《肇國與建武中興的聖業》、《櫻史》等著作，戰後受到開除公職的處分。山田孝雄沒上過大學，學歷不高，從小立志自學，潛心著書立說，一生發表的著作多達二萬餘頁，並都是評價較高的研究成果。在日語語法研究方面，山田是日本近代國語學界的巨峰，是近代日本三大語法的代表人之一。他的重要著作有《日本文法論》、《日本文法講義》、《日本文法學概論》、《日本文法學要論》、《日本口語法講義》、《敬語法的研究》、《奈良朝文法史》、《平安朝文法史》、《平家物語的文法》等。

山田孝雄主要以富士成章等的日本語法學為基礎，並批判地吸收了伍恩特（W·wunt）、斯威特（H·Sweet）、黑斯（W·L·C·Heyse）等的西方語言學說，建立了獨特的語法理論。使日本語法擺脫了傳統的規範性格，更具備了科學性。山田語法具有濃厚的理論特點，因此也稱為〝理論語法〞。

山田語法分為分析性研究的〝語論〞（詞論）、和綜合性研究的

〝句論〞兩大部分。〝語論〞分為〝詞的性質〞和〝詞的運用〞。在〝詞的性質〞方面提出的從意義和職能上對詞進行分類，是山田的新觀點。在〝句論〞中，認為句子是思想的表現，把句子分成〝喚體句〞和〝述體句〞。並又從運用上把句子分為〝單句〞〝重句〞〝合句〞和〝復句〞四種，其中〝合句〞是山田學說的中心。

在山田語法中，詞的定義是：在語言中，詞是不可再分的最小思想單位，可以獨自代表某種思想。詞的分類標準是：文章結構上的作用關係和詞與詞之間的關係，確定了建立在〝意義〞和〝職能〞上分類的基準。基於這個理論，山田把詞分為〝體言〞、〝用言〞、〝副詞〞、〝助詞〞四類。其中前三類又統稱為〝觀念語〞，後一類稱為〝關係語〞。〝觀念語〞具有〝獨立觀念〞，〝關係語〞表示觀念語之間的關係。觀念語包括〝自用語〞和〝副用語〞兩種。〝自用語〞指體言和用言，是能屋獨立表示觀念、構成句子的主要成分，成為陳述基礎的詞。〝副用語〞指副詞，山田認為它不能直接成為句子的主要成分必須與其它詞結合在一起構成句子成分。山田還把〝自用語〞中的在句子中〝做為資料觀念或概念〞的體言叫做〝概念語〞，而把起〝陳述作用〞的用言叫做〝陳述語〞。

在山田語法中，體言包括〝實體言〞和〝形式體言〞；用言包括〝實質用言〞和〝形式用言〞。而〝實質用言〞又分為〝形狀用言（形容詞）〞和〝動作用言（動詞）〞。山田語法中的〝副詞〞裡除副詞外還包括〝接續詞〞和〝感動詞〞，這是山田語法的獨到之處。山田還把副詞分為〝陳述副詞〞〝程度副詞〞和〝情態副詞〞。關於〝助詞〞，山田把它分為〝格助詞〞、〝副助詞〞、〝係助詞〞、〝終助詞〞、〝間投助詞〞和〝接續助詞〞六類。助詞的這種六分法，在目前仍是最容易被人接受、最普通的分類方法。山田語法把〝助動

詞〞叫做〝復語尾〞，認為是附屬於原詞詞尾的一種詞尾，不是獨立詞，所以沒把助動詞做為一個詞類確立。

山田的〝句論〞認為，句子是由詞集合而成的，詞集合在一起說明或表明疑問、想像、命令、欲求、感嘆等含義。詞集合在一起表示這些含義是句子的統一作用。其中把表示希望、感嘆等的句子叫做〝喚體句〞，把表示說明、疑問、想像等的句子叫做〝述體句〞。從句子的結構上看，把單一的句子叫做〝單句〞，把內含兩個以上單句的句子叫做〝重文〞或〝複句〞，把〝複句〞中兩個對等成分的結合形式叫做〝合句〞，把一個句子成為其它句子成分的形式叫做〝有屬句〞。

4. 松下的語法學說

松下大三郎（1878～1935年）從少年時代開始對日本語法產生興趣。最初在早稻田大學的前身、東京專業學校的英語科就學，後又轉到國學院學習。松下大三郎的語法一般以普通語言學為主要對象，重視日語與西方語言的比較。因此，在他的語法中經常出現與西方語言的對照研究。松下大三郎系統論述日本語法的著作有：《日本俗語文典》、《標準日本文法》、《改撰標準日本文法》、《標準日本口語法》等。其中《日本俗語文典》是日本最初的口語文典之一，後經加工成為《標準日本口語法》。《改撰標準日本文法》以《標準日本文法》為基礎，是松下語法理論的最完整的形式。

松下認為，語言與其內含的〝思念〞（思想）結構有著密切關係，即語言通過客觀方法（聲音‧文字）喚起發音的意念，由此再現〝思念〞。其中〝思念〞分為〝觀念〞和〝斷定〞兩個階段。從這個意義上，松下把語言分為〝詞〞、〝原辭〞和〝斷句〞三個階段。〝觀

念〞包括既具體又特殊的概念和既抽象而普遍的概念。〝斷定〞是思想單位，是人〝對事物的觀念性了解〞。

在松下語法中，〝詞〞自身能屋表示〝觀念〞，分為：名詞、動詞、副體詞、副詞、感動詞和復性詞六類（其中復性詞存在於漢語和西方語言之中，日語中沒有）。在松下語法中，〝名詞〞是表示事物概念的詞，其中也包括橋本語法中提出的〝文節〞，如〝山が〞〝川に〞等。〝動詞〞是表示作用的概念、對某物進行判斷的詞，其中包括〝動作動詞（動詞）〞和〝形容動詞（形容詞）〞。〝副體詞〞表示從屬於其它概念實體的屬性概念，調節其它詞意，本身沒有敘述性，如〝この〞、〝ある〞、〝くだんの〞等，相當於連體詞。〝副詞〞表示從屬於其它運用概念的屬性概念，調節其它詞的運用，也沒有敘述性，除副詞外，其中還包括接續詞。〝感動詞〞是主觀地表示説話者思想狀態的詞，即感嘆詞。

〝原辭〞的設立是松下語法的特點之一。〝原辭〞分為〝完辭〞和〝不完辭〞兩類，前者指〝春・山〞〝行く・帰る〞〝遠し・近し〞〝最も〞等〝詞〞；後者包括助詞、助動詞、接頭詞、接尾詞等。〝完辭〞可以單獨成為〝詞〞，〝不完辭〞不能單獨成為〝詞〞，必須與完辭結合才能成為〝詞〞。由於松下語法〝詞〞和〝原辭〞的内容互有摻搓，其中部分内容又相當於橋本語法的〝文節〞，所以這是其語法的難解之處。

松下語法的〝斷句〞相當於句子，分為〝單斷句〞和〝連斷句〞兩種形式。單斷句指一般的單句，連斷句即指一個句子中包含一個從句的形式。

一般認為，松下語法在品詞分類等方面較重視〝意義〞，同時在其它方面又重視〝形態〞，在二者的結合上有獨自特點。因此，有人

認為松下語法是理論主義的〝意義論〞，也有人認為是形態論。總之，松下語法具有獨創性、複雜性和不易理解等特點。

5. 橋本語法體系的確立

橋本進吉（1882～1945年）生於敦賀縣，五歲喪父，隨母親在京都讀中學、高中。後來入東京大學語言學科學習，與金田一京助、小倉進平等是同級。

橋本最初研究古代語語法，對日本古代的音韻體系有深入研究。由於橋本的研究，奈良時代的音韻組織得到了探明，並推斷出在奈良時代，日語曾經存在八個元音。橋本從語音研究的角度開展了語法研究，以〝文節〞這一新概念，確立了自己的語法理論基礎。

橋本語法的基本理論主要表現在《國語法要說》中，其特點是偏重語言形態，把具有意義的語言單位分為〝文〞（句子），〝文節〞（句節）、〝語〞（單詞）三個階段。橋本認為，句子是音的連續，大多是兩個以上的單音或音節結合在一起連續發出，並且前後應有音的間隙。用文字寫出句子時，句尾一般加〝。〞可以看作為代表音的斷止。除此以外，句尾要有一定的特殊音調，由此可知句子的完了。因此，橋本把句子的外形特點歸納為：①句子是音的連續；②句子的前後必須有音的間隙；③句子的末尾有特殊音調。

句子做為實際語言發音時，可以斷開。例如：

私は｜昨日｜友人と｜二人で｜丸善へ｜本を｜買いに｜行きました。這樣斷開的一個個小節叫做〝句節〞（文節）。在形態上，句節有如下特點：①一定的音節按一定的順序排列，並連續發音（中間沒有音的斷止）；②構成句節的各個音節存在音的高低關係；③在實際語言中，在其前後可以有音的間隙；④音節內部的音與音之間，有

用音上的區別（如在東京語中，〔g〕音出現於音節的首部，但不用於其它位置；〔ŋ〕音不能用於音節首部，只用於其它位置等）。

做為〝有意義的語言單位〞，〝句節〞還可以進一步分解為〝語〞（單詞）。單詞的特點是：①是構成句節的單位；②各自具備一定的意義；③一個單詞的音節或聲調一般有一定的規律，並在與其它詞構成句節時往往發生一些變化；④一個單詞常常是一個連貫的發音，也有同其它詞構成一個連貫發音的單詞（第二種）；⑤在與其它詞一起構成句節時，詞的最初或最後的音有時發生變化（如助詞〝が〞在東京語中發為〔ŋa〕，〝本〞的〔N〕音後接〝が〞〝の〞時變為〔ŋ〕〔n〕等）。根據句節的構成方法，單詞可以分為兩種，第一種是可以單獨構成句節的，如：草、吹く、高い等；第二種是伴同第一種詞一起構成句節的，如：が、と、の、て等。橋本把第一種也叫做〝詞〞或〝自主語〞，第二種也叫做〝辭〞或〝附屬語〞。

關於詞的分類，一般是以〝詞義〞〝詞形〞〝職能〞三點為標準的。但橋本的分類主要依據詞的職能，其中也部分地包含詞形因素。橋本把〝詞〞或〝自立詞〞分為十類，即動詞、形容詞、形容動詞（用言）、名詞、代詞、數詞（體言）、副詞、連體詞、接續詞（副用言）和感動詞。把〝辭〞或〝附屬語〞分為兩類，即助詞、助動詞。助詞又細分為副助詞，準體助詞、格助詞、係助詞、終助詞和間投助詞。

橋本認為，句子可以由一個或兩個以上的句節（文節）構成。一個句子中必然有可斷的句節，由兩個以上句節構成的句子中必然有可斷的句節和連續的句節。各句節之間以某種關係結合構成意思上的連帶，到可斷的句節時完成整體意思，成為一個統一體結成句子。句子中句節之間的關係分為：①主謂關係；②修飾與被修飾關係；③對的

關係；④附屬關係；⑤獨立語。

　　橋本語法以對句子中句節的音聲觀察為基礎構成，也被稱為〝形態語法〞，較容易被人接受。做為日本近代三大語法之一，橋本語法對社會有極大的影響，從第二次世界大戰期間開始，取代大槻語法，做為學校語法被教育界推廣，一直持續到今天。但是橋本的著作非常少。

6.時枝的語法研究

　　時枝誠記（1900〜1967年）在父親的影響下，從中學時代開始立志於日語研究，在大學時代受過上田萬年的薰陶。時枝為自己定的研究課題是探求〝語言究竟是什麼〞，從這個角度研究日本人的語言意識及各時期的語言變化。時枝認為，語言是語言主體以音聲、文字做為媒介表達、理解的過程，並創立了獨立的語言理論〝語言過程說〞，從這一立場對日語語法進行了分析。他把語言行為的主體叫做語言主體（說話人和聽話人），認為語言存在的條件有語言主體、場面（包括對方）和素材。〝語言過程說〞認為語言的本質在於語言主體的概念作用本身，音聲、文字是其過程。強調語言主體，重視〝人〞的意義，是時枝語法的特點。他的主要著作有≪國語學原理≫、≪日本文法口語篇≫、≪日本文法文語篇≫、≪國語研究法≫、≪國語學史≫、≪現代國語學≫等。

　　時枝把語言分為〝語〞（單詞）〝文〞（句子）〝文章〞三個單位。其中〝文章〞是在以前的日語語法中所沒提到過的。時枝認為，語法學是以語言的單詞、句子、文章為對象進行研究的學問。

　　首先，時枝把〝語〞分為兩類：①含概念過程的形式；②不含概念過程的形式。前者稱為〝詞〞，是在客觀化、概念化的基礎上表達

思想內容或事物的詞；後者稱為〝辭〞，是直接表達否定、推量、疑問、感嘆等主觀情意的詞，也就是說，〝詞〞表示客觀事態；〝辭〞表示語言主體的主觀判斷。這種觀點與語言主體的心理作用有很大關聯。因此，與橋本的〝形態語法〞相對，時枝語法也被稱為〝心理語法〞。

　　〝詞〞根據有無詞形變化，分為〝體言〞和〝用言〞。在與其它詞結合時，不可以改變詞形的是體言，可以改變詞形的是用言。體言除名詞外，包括形容動詞的詞幹（暖か、丁寧等）、形容詞詞幹（あま（甘）、ひろ（広）等）、形式名詞（はず、由、つもり等）、沒有活用的接尾詞（さ、み、たち等）、漢語中用於構詞的成分（館、的等）、接頭詞（お、ご、玉等），比一般的體言範圍廣。用言分為〝動詞〞和〝形容詞〞，不設形容動詞。除〝體言〞〝用言〞之外，〝詞〞中還包括〝代名詞〞〝連體詞〞和〝副詞〞。其中〝連體詞〞只做為連體修飾語使用，〝副詞〞只做為連用修飾語使用。關於〝代名詞〞，時枝認為其特點是站在說話人的立場上表示說話人與事物之間的關係概念，所表示的事物包括人、物、場所、方位、關係、情態等，進而把〝代名詞〞又分為〝名詞性代名詞〞（このかた、それ、あそこ、どちら、こっち等）、〝連體詞性代名詞〞（この、その、あの、こんな、どんな等）、〝副詞性代名詞〞（ああ、どう、こんなに、そんなに等）。

　　時枝認為〝辭〞是說話人立場的直接表現，必須與〝詞〞結合才能成為具體的思想表現，並把〝辭〞細分為〝接續詞〞、〝感動詞〞、〝助動詞〞、〝助詞〞四類。其中〝助動詞〞是從說話人的立場〝表示某種陳述的詞〞，包括表示指定的〝ある〞（これは本である）和一般做為表示指定的助詞〝に・と・の〞等。並把助動詞分為：指

定、否定、過去及完了、意志及推量、敬謙等。在時枝語法中，表示被動、可能、敬謙的〝れる・られる〞、表示使役的〝せる・させる〞、表示希望的〝たい〞（文語中的〝る・らる・す・さす・しむ・まほし〞）不是助動詞，而是做為動詞的接尾詞看的。〝助詞〞〝因為不是陳述表現，所以是沒有活用的詞〞，在理解說話人的立場方面與〝助動詞〞相同。助詞分為〝表示格的助詞〞、〝表示限定的助詞〞、〝表示接續的助詞〞、〝表示感動的助詞〞四類。

　　時枝語法認為，確定〝文〞性質的條件是：①具體的思想表現；②具有統一性；③具有完結性。從句子結構上看，首先是〝詞〞與〝辭〞的結合，即：

〝詞〞與〝辭〞的結合不是對等關係，而是以〝辭〞包〝詞〞，達到統一。時枝把這種在橋本語法中稱為〝文節〞的形式叫做〝句〞。這種以〝辭〞包〝詞〞的形式叫〝包裹皮式結構〞（風呂敷型構造）。很多句子以若干個〝句〞的重疊形成表現出來。如〝梅の花が咲く〞這個句子可以圖示為：

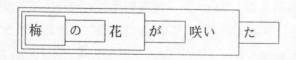

由於〝句〞的重疊像抽屜一樣，因此把這種形式叫做〝抽屜式結構〞（入れ子型構造）。

　　〝抽屜式結構〞是在〝辭〞統括〝詞〞的立場上成立的理論。在〝美しい花が咲く〞這樣的句子中，因為〝美しい〞、〝咲く〞這樣的〝句〞沒有〝辭〞出現，時枝語法把▓部分看做是表現內容沒出現

在語言形式上，叫做〝零記號辭〞。如：

從句子整體上看由〝辭〞統一起來的〝詞〞的關係時，產生〝格〞的概念，由此把〝句〞分為〝主語格〞、〝謂語格〞、〝修飾語格〞、〝對象語格〞、〝獨立語格〞、以及〝條件格〞和〝並列格〞等。

　　〝文章〞是由時枝第一次在語法中提出的語言單位。時枝認為，文章做為語言表現，是時間的流動性展開，其表現的展開應是其結構的特點。關於文章的成分，可分為文節、文段、段落、章和篇等。時枝雖然提出了〝文章〞這一單位，但並沒建立起全面的體系，只是給今後的研究留下了課題。

主要参考書目：

≪岩波講座　日本語 1≫　岩波書店

≪国語法研究≫橋本進吉　岩波書店

≪現代日本語≫西田直敏・西田良子著　白帝社

≪日本語≫金田一春彦著　岩波新書

≪日本の外来語≫矢崎源九郎著　岩波新書

≪日本語の歴史 1-7≫　平凡社

≪日本語の起源≫村山七郎・大林太良著　弘文堂

≪資料日本文法研究史≫西田直敏著　櫻楓社

≪国語講座 2 音声の理論と教育≫　朝倉書店

≪標準語と方言≫　文化廳

≪国語学研究事典≫佐藤喜代治編　明治書院

≪日本語教育事典≫　大修館書店

定價:200元

編　　　著:王　秀　文
發　行　所:鴻儒堂出版社
發　行　人:黃　成　業
地　　　址:台北市中正區100開封街一段19號
電　　　話:三一二〇五六九、三七一二七七四
郵 政 劃 撥:〇一五五三〇〇～一號
電 話 傳 眞 機:〇二～三六一二三三四
印　刷　者:楨文彩色平版印刷公司
電　　　話:三〇五四一〇四
法 律 顧 問:蕭　雄　淋　律　師
行政院新聞局登記證局版台業字第壹貳玖貳號
初 版 中 華 民 國 八 十 四 年 九 月